二百年の子供

兩百年的孩子

大江健三郎——著
陳孟姝——譯

目錄

百年の子供

第一章　冒險開始之前和結束之後

1

「三人組」是怎樣的孩子們呢？要先說這個的話，我想舉他們各自喜歡的單字爲代表也可以。雖然小孩子喜歡的單字，不會老是同一個……

每年從四國森林裡來的老奶奶，都會送他們禮物，三人組把玩了一下禮物，就會像回禮般說出自己現在喜歡的單字。

兩年前，已經是最後一次收到禮物，小學六年級的明收到了六枝色鉛筆（六枝眞的很喜歡的天藍色筆心）。很開心卻又不好意思地回答：

「我跟之前一樣，沒有變……最喜歡的是『安全』。」

小她一歲的弟弟朔，從《植物圖鑑》抬起頭來，稍微瞇了一眼。

「雖然不是什麼特別喜歡的，我選的是『無意義』。」

說完之後，又追加了說明。

「好像我太常用了，班上的同學就當成我的綽號了。」

當時十六歲的哥哥眞木，往年總是收到古典音樂ＣＤ，這一年卻是收到奶奶水彩畫的紙箱禮盒，他平靜地說：

「持久。」

2

以「森林之家」爲基地的三人組的暑假冒險結束後，明想起還在發生中的事情，有感而發。

「沒想到會引起這麼大的騷動。」

「但是，現實中什麼都沒有發生。」

朔回答。

眞木過了一段時間之後，接著說：

「我要去幫『培根』。」

漂亮的柴犬「培根」現在正在家裡，也不能說現實裡什麼都沒有發生。即使如此，在父母從美國回來的正月裡，三人組長談了好幾天時，朔也說了同樣的話。

這時，媽媽像是在思索般沉默著，爸爸則這麼說：

「是不是一場大冒險、現實中沒有發生過？你們三人組可以把回想起來的事情寫成一本書。這麼一來，對你們來說，就不再是什麼都沒有發生過的事了。

「這半年來，明和朔身高已經長了十公分了吧？雖然眞木沒有長這麼多，也是有成長。你們身體的所有部分，都在一點一點變大。對小孩子們來說，就是經歷了一場大冒險。」

「所有心裡的地方也是。」

媽媽，平靜地說。

3

「森林之家」是奶奶知道眞木天生殘疾之後，打算跟他一起生活而蓋的房子。

可是父母並沒有接受這個建議，爲了探望眞木（明和朔出生後，便改爲探望三人組），奶奶每年都到東京來，但是去年身體衰弱後，就不能再旅行了。跟奶奶一起生活的朝姑姑，來信上說，奶奶說起碼讓眞木看一次「森林之家」。

本來也邀請了明和朔，打算暑假期間一起前往，但他們卻因爲要參加社團活動和模擬考，無法實現原訂的計畫。入秋以後，只有父親和眞木去了森林之家。在那裡，遇到了「培根」。

回到東京的眞木，很想聊聊培根的事情。所以明就把問題寫在卡片上讓眞木回答。

「培根吃什麼？」「培根。」

「培根喝什麼？」「水。」

「培根摸起來柔軟嗎？」「摸起來就像夏天一樣。跟馬的身體一樣。」

「培根會叫嗎？」「在森林之家沒聽牠叫過。」

培根發現站在櫟樹叢裡的眞木。眞木丟了培根給這隻隔著一段距離，姿態優雅地仰望著他的柴犬，牠原地吃了起來。丟給其他的東西牠都沒有興趣。對剩湯也沒興趣，只喝水。已經熟稔之後，眞木終於摸了牠一次。

父親和眞木回到東京之後，奶奶搭朝姑姑的車子去森林之家鎖門，看到櫟木森林裡站著一條狗。奶奶當時正在聽眞木留下的CD，突然間看到牠正抬頭看著陽台的方向。

「我想，牠是以為眞木在陽台上吧！那隻狗做了好幾次吃扔出去的東西的樣子，然後又咚咚咚地快速跑向山裡去。」

聽了奶奶打來的電話，父親笑著說：「該不是眞木的靈魂跑去見培根了吧？」明說她聽不懂這話是什麼意思，父親便談起他出生村子的傳說。

「童子」是種特別的孩子，如果想要去其他的世界時，就會躲進千年柯樹的根部樹洞裡，一面祈禱著希望可以見面的人和事物，一面進入夢裡。如果發自內心的祈求，就能前往希望遇到的人和事物所在之處。

朔覺得很新奇，直說這是「夢」的時光機。聽了這話，眞木用力別過頭去。養護學校的老師曾經在家庭訪問的時候說，眞木同學不知道夢爲何物，從那以後，眞木便開始討厭這個字。

4

這個夏天，三人組到達森林之家的當天晚上，眞木就不見了。後來仔細回想，那其實就是這所有冒險活動的開端……

直到黃昏時刻，哥哥都待在窗外有一大片櫟樹林的客廳裡聽著音樂。從很小的時候起，只要聽到FM的古典音樂，他就不動如山。明和朔負責整理行李。在天色尚亮的時候吃了晚餐後，明往二樓的房間，哥哥和弟弟則到一樓的房間裡去。

天完全暗了之後，明爲了關煤氣開關下樓來，住在別屋，負責管理的牧叔叔，在廚房的亮光中招著手。

「眞木沒發作吧？」

朝去確認的時候，只看到朔坐在雙層床組下層的哥哥床上，看著越野識途競賽用的地圖。抬起頭來的朔，臉色竟有些蒼白。說什麼都不回答。朝起身去爲牧叔叔開門。

「哥哥說要去『千年老柯樹』的樹洞裡睡覺。」朔如此回覆牧叔叔。

「朔確認過很安全之後他才去的吧？」

「天亮後，我會去接他。」

「當他在一片黑暗中醒來，想要喝水的話怎麼辦呢？」明心跳加速聲音也高了起來。

「我用毛毯裹著眞木，在毯子旁也準備了礦泉水，他也從冰箱裡帶了東西去。」

回到廚房裡，打開姑姑去機場接他們時順便買的一箱眞空包裝火腿和培根，只有培根的格子內是空的。

明突然明白哥哥是去見培根，他相信爸爸所說的村裡傳說，相信只要進去樹洞睡覺，就會遇到自己非常想見到的人和事物……

第二章　牧叔叔的祕密

1

與東京不同，這裡猶如深海般靜謐，就在這寂靜中，明覺得聽到了「吭——吭——」不可思議的聲音。好不容易才睡著，但又很快被吵醒。儘管周圍還是一片黑暗，但是小鳥已經開始啼叫，明認爲這就可以算是早晨了。她下樓去浴室，這時，朔也起床走到這裡。

在準備出門的時候，朔的表情如同緊握的拳頭般緊繃。於是明說：

「發出哺囉、嗶呀叫聲的鳥最早起。」

「那是大琉鳥吧？我聽到的聲音是嗶——咭——」

牧叔叔站在小屋前，一身巡山員的打扮，與他森林之家的管理人身分倒是很相配。明和朔跟在向來不多話的牧叔叔身後，走上鋪滿落葉和松毬的山路。進入飄著松脂香氣的森林，走在山澗上的木橋時，牧叔叔說，這四周圍包括石牆都是他自己整修的。朔仔細看了看四周，點了點頭。明聽著淙淙的流水聲，想像著眞木倒栽蔥掉落被水沖走的景象。

……背後是一片晴朗的藍天，眞木突然站了起來。除了樹洞之外，長滿了節瘤、被雷電擊中折斷的樹身橫倒在地。從樹幹的腐爛處長出了柯樹的新芽，眞木朝氣蓬勃的臉龐就在柯樹苗旁。

明聲音哽咽著，說不出話來。朔則是上前收拾樹洞裡的毛毯、收音機以及其他東西。只有牧叔叔開口說：「早安，眞木！」

「早安！」

明終於可以用正常的聲音開口說話：

「培根來了嗎？」

「牠吃了培根。」眞木回答。

「太好了！牠還記得眞木。」

「我也記得培根。」

平靜地說完這些話，眞木像在努力回想起某些很難的東西，然後開口說：

「奶奶也在這裡。」

明嚇了一跳，朔早已放鬆的表情在晨曦的照耀下亮麗生輝，他接著說：

「奶奶去年早已過世了。不過，眞木一定是乘坐夢的時光機去見奶奶的！」

「我還以爲自己不會作夢。」眞木說。

2

朔接過牧叔叔的背包，把眞木用過的攜帶型收音機、礦泉水瓶、毛毯及枕頭都塞進去。明也把睡衣折好，睡衣上散發出柯樹樹洞裡陳年蘑菇的氣味，卻沒有半點潮濕。

眞木和明緊跟在背著背包、精神奕奕的朔身後，隊伍最前方的是牧叔叔。跟上山時萬籟俱寂相比，下山時路上已經是雀鳥鳴聲此起彼落。

一回到家，明也打起精神來，用眞木拿走培根後剩下的原料和雞蛋做了早餐。朔也來幫忙收拾，一群頭上和背部有著藏青色花紋的鳥兒，啾叫著往玻璃窗對面的樹叢飛去。

「白臉山雀來覓食了，現在還早哩！」朔入神地看著也是奶奶送的《野鳥圖鑑》一邊這樣說。

明鋪好了床，可是眞木並不願意離開客廳。他回過頭來，對著明和朔點點頭，然後開始播放ＣＤ。

「眞木遇到培根的時候，奶奶正在這裡聽ＣＤ？」朔重提早餐時的話題。

「是這個曲子？」

「我放好了才出門。」

「這是莫札特的曲子吧，可是鋼琴彈得太快了。」明說。

「這是寇賀爾三一〇號奏鳴曲。顧爾德彈奏這個樂章的速度很快。」

坐在眞木身邊，聆聽這首曲子時，明的腦海裡浮現出陽台旁秋色正濃的淨色，葉色正艷紅，奶奶仰起頭來望著這些紅葉。

有一年，眞木說他喜歡的字是「棄嬰」，讓奶奶嚇了一大跳。那不久之前，眞木和他的朋友曾在養護學校後面發現一個被遺棄的小嬰兒。朔對他們幫助棄嬰的行爲，感到相當佩服，建議把「棄嬰」改成「救助」。

當時，東京院子裡的楓葉正紅。明還想起奶奶說過的話——「你們的父親小的時候，差點在山谷中的河水裡淹死，但他什麼也不做，只等著我去救他。你們呢，三人組可要互相幫忙！同時也要培養自助的能力……」

明說：「昨天晚上，眞木回到去年秋天的某一天吧！奶奶曾經說過，爸爸和你回到東京後，她感覺眞木好像就在陽台上。而昨天夜裡，眞木也聽到了小爵士樂團的音樂……」

「跟奶奶的感受相比，我覺得培根更容易感受到來自未來的眞木。因爲狗的感覺更敏感，牠不是還吃了培根？眞的吃了嗎？」

「我不是很認眞的說過了嗎？」

「我檢查了柯樹樹洞裡是否還有培根，卻連一點肉末都沒看到。」

3

這件事情，發生在這天的中午之前。朝姑姑從森林中蜿蜒的急坡上走了下來，手裡抱著蔬菜堆得高高的菜籃。昨天她穿著亞麻套裝，今天則是一身薄棉衣褲，就像是要去田裡幹活的人。於是，明和朔出去迎接她。

朝姑姑遞上籃子的時候還笑著說話，可是一坐到餐桌邊，等明和朔坐下後，就一臉嚴肅地說：

「今天一大早，你們和牧叔叔去了千年老柯樹那裡了吧？沒有做什麼不好的事吧？」

「沒有。眞木和朔也在。」

「牧叔叔相當於我們親戚，原先是來山谷裡當國中老師。可是在他負責的班級裡，有一位女生和她還在上小學的妹妹在那個樹洞裡過了一夜，就發生了很大的問題，因此他只得離開那所學校。

「在童子傳說中，特殊的孩子在樹洞裡過夜就可以體驗到不可思議的事情。那學生心裡也有願望，因此就去嘗試了，但是那兩個孩子卻不說究竟看到什麼。這是校長跟牧叔叔說的。

「之後，牧叔叔在歐洲過了一陣子漂泊的生活，然後回到這裡。我就把管理這棟房子的事情交給他處理。」

朔這時插話，昨天晚上的事情是眞木提出來的，自己只是從旁協助，牧叔叔因爲擔心，所以一大早就一起去看看。

「那麼我剛剛的話是說得太早了，但我並不尊重森林中的傳說。朔你學的是理科，這種小孩在樹洞中過夜，就能自由往來於時間空間中的傳說，你不會信吧？」

「哥哥這麼說了，加上沒有證據可以證明這種說法沒有科學根據，因此我相信。哥哥不是那種愛說謊的人。」

「那麼，明，眞木他看到了什麼？」

「他想見到培根，結果眞的遇到了！」

「好吧，那麼就沒有必要再鑽到樹洞裡了吧？這樣比較好……」

第三章　時光機的規則

1

聽完他們說明柯樹樹洞所發生的事情，朝姑姑又晃到管理人小屋後頭去。從那裡一出來，她就大聲宣布：

「牧叔叔要請大家吃午餐！他正在做披薩，用和義大利農家一樣的石窯烤呢！」

眞木、朔和明被帶到用原木搭建的陽台上，陽台占了小屋後面大部分的空間。陽台上的木桌旁配置了不同的椅子。桌上擺了披薩、用奶油和牛奶煮過的馬鈴薯——同樣也烤成了金黃色，還有番茄做成的沙拉。

走上陽台之前，朔去看了用磚塊和紅土搭建而成的石窯，然後說：

「我覺得這比較像是不大的螞蟻塚。」

大家拿著各自的盤子去接牧叔叔端來的披薩，明看到石窯雖小，但底下燒著柴薪，真的能發揮作用，就想起了以前曾經喜歡的字——

「勇敢。」

透過陽台深處那面如同學校窗戶的玻璃窗，只見屋裡的書架或是桌子都很小。牧叔叔邊吃飯邊問：

「柯樹樹洞裡有趣嗎？」

眞木沉默著。

「哥哥不太會用語言來表達。」朔在一旁接著說：「不能說是有趣，應該說是發生了非常重要的事。」

「朝姑姑希望最好到此爲止，可是我們和眞木商量過後，他好像並不贊成。」

然後在明敦促的目光下，眞木說：

「我想對奶奶說自己喜歡的話。」

牧叔叔爲了抽菸，把藤椅移到陽台邊緣。從巨大的栗樹葉隙間篩落下陽光，把牧叔叔的臉頰到下顎處已經發白的鬍子，閃著光亮。

「如果眞木想去的話……我覺得，其實去幾次都沒什麼不好。」牧叔叔說。

但是，考慮到安全問題，不如就三人一起去山上睡在樹洞裡。就算是傳說中，也是三個孩子——應該說是「童子」——合力前往遠方，進行了一場冒險。

明說：

「我們也覺得一起跟眞木在樹洞裡過夜比較合適。不過，假如遇上什麼可怕的事情，那就作罷。安全還是最重要的。」

不過，牧叔叔倒是一臉胸有成竹的模樣說：

「我打算在附近搭帳篷，假如發生什麼可怕的事情，你們就呼喚我。如果遇到了可怕的夢，把大家都叫醒就可以了。但是，不可以對夢的時光機過度留戀。另外，朝姑姑好像已經準備要介紹你們去見見本地的孩子。」

2

到了下午，三個孩子搭乘牧叔叔那台有篷蓋的小貨車，開過水泥橋前往位在河邊的山上寺廟。據說，這間目前無人居住的小小寺廟，直到牧叔叔的爺爺那一代都還是他們家。

寺院後頭那片草地與雜木林相連接的坡地上，排列著磨成半徑三十到五十公分的圓形石墓。牧叔叔帶著他們三個孩子走到其中一個石墓前，上面有三個浮雕人形輪廓。

「這個就是三人童子。你們可以試試看用水沾濕浮雕。」

朔早將手指放入石堆前的茶碗上，用水描摹浮雕淺淺的輪廓。然後，浮雕上便出現三個互相握手的孩子。中間那個稍微大點的孩子，雙手在腹前交叉，右手讓左邊的孩子的左手牽著，左手則被右邊孩子的右手握著……

「聽說，這就是成爲作夢人在樹洞裡，進入時光機時的握手方法。」

牧叔叔做出中間那位孩子的姿勢給大家看。

這天下午，牧叔叔換上在工廠工作的厚布連身褲裝工作服到這裡，據說等下可以馬上開始工作。

在管理森林之家的閒暇時間，他租下水泥橋橋頭的一間空屋，與年輕夥伴一起修理汽車或是接小木工的工作。所謂夥伴，是指在中學裡跟過牧叔叔學習的人。他們有些人在隔壁鎮高中畢業後曾去東京或是大阪工作，可是最後還是回到山谷裡來。

現在，牧叔叔他們正在爲了將柯樹樹洞改造得更適合過夜而趕工。三個孩子到了工廠、剛走下小貨車，就開始參觀牧叔叔和他夥伴們的工作狀況。當時，正在製作準備鋪在樹洞裡的杉木地板。

3

接著，三人組決定徒步走回森林之家。

以前，只要眞木變得積極起來，儘管腳略有不便，他還是會走在三人組的最前方，邁開大步地走著。明緊跟在後，一邊對他說：

「眞木想要對奶奶說的話，我想我已經知道了。」

「我也知道了！」朔說。

去年秋天眞木住在此地所發生的事情，父親從旅途回家後，就詳細地對母親說了起來。明和朔也在一旁聽著。眞木雖然聽著ＦＭ電台，也是在旁邊而已。

在森林之家住了一週之後，搭計程車前往松山機場的那天早上，眞木很誠懇地對奶奶說：

「請打起精神來死去！」

母親認爲：「這是因爲奶奶常常像是口頭禪似地說著，直到嚥氣時都要打起精神來。所以，眞木就把這句話記在腦子裡了。」

然而對於這種愉快的說法，朔卻反駁：

「我覺得用這句話來告別，不太正確。」

儘管如此，據說奶奶認爲這是：「我最喜歡的話。」

初冬之時，奶奶決定住院後，曾給三人組打電話告別。她對眞木說還想再聽一次那句話，但眞木卻沉默著。因爲他記得朔的強烈反駁。

「現在，朔，如果眞木靠夢的時光機遇到奶奶的話，你應該不會反對他說那句話吧？」

「眞木那句話是很好的告別。我覺得不好是因爲當時我還小嘛！」

4

通過平行河流的國道兩旁、住了很多人家的地區後，在登上森林的道路入口處有一個廣場。廣場上有一棵大樹，樹下聚集了身穿白色開襟襯衫，戴著中學帽的男生。明和朔都緊張了起來，兩人趕上眞木時發現，他已經走近從兩旁靠過來的中學生。

「喂，你好！」像是要挑戰似的聲音。

「你好！」眞木沉著應對。

眞木他們從十多個孩子面前走過去，背後傳來哄然大笑聲。

「……眞木你眞勇敢！」明說。

「那些人看著我，我也看著他們，這樣比較容易說話。」

朔像是認眞思考著眞木的話語，然後開口說：

「培根看到你向牠扔培根嗎？」

「牠在空中接住了！」

「當時奶奶在客廳裡吧？我覺得在陽台上的眞木正好在奶奶看不到的角度。」明說：「就算不是如此，奶奶應該也看不到眞木吧！」

「『啊！』奶奶這樣說了，還說：『聽得到眞木的聲音。』最後還說：『眞想再次聽到那句話。』」

5

星期六晚上，吃過晚餐後，三人組沒有多說什麼，一直等著。牧叔叔帶了兩個森林之家專用的手電筒，其中一個給了明。他和朔在隊伍前後用燈光分別向前照射。深藍色清澄的天空中，月光皎潔。隊伍中間的明和眞木並不需要用到小手電筒。

進了森林之後，朔說：

「製造時光機的人訂了些規則。假如回到五十年前的世界，會發現在我們現在這個社會裡已經成爲擁有權力的壞人，當時還只是一個弱小的孩子。但是也不能因此就先把他除掉……」

眞木拿著一根粗樹枝當成手杖，用力敲打著黑暗的草叢。就像討厭夢這個字，對於恐怖的字眼，他也同樣討厭。雖然不是很明白字義，但是眞木還是能感受恐怖文字的涵義。

「我只是說有那種不能隨便除掉人的規則……」

朔道了歉，可是明還是聽到眞木像是沒有聽到一樣嘟囔著。

「可是，這樣的話爲什麼還要回到過去呢？這不就『無意義』了嗎？」

在有樹洞的那棵柯樹前，牧叔叔已經搭好了要過夜用的帳篷。趁著天色尚未暗下，他的夥伴們已經把東西都運上來了。牧叔叔開始重複當時已經提醒過的注意事項：

「時光機的規則之外，還有我定下的具體規則，請大家確實遵守。」

眞木要聽FM調頻電台，明和朔要看書是吧？明負責熄燈，一旦煤油燈熄滅了，只要沒有特殊事件發生，就不再點亮。

眞木主要擔心的是晚上起來上廁所（之前沒有廁所），白天就在帳篷旁的小路上練習行走。雖然距離樹洞只有五公尺，眞木還是在牧叔叔站立處的常夜燈旁的位置上來回走了一趟。

6

樹洞裡飄散著新杉木板的香氣。從入口往裡面望去，只見地板上排著的墊子。墊子上面蓋著棉被。眞木躺在中間（腳對著採光和通氣口的門），兩邊躺著朔和明。枕頭後方是一個高出的平台，上面放著煤油燈、鬧鐘及攜帶型收音機。眞木聽著FM，明和朔在胸口放著書靜靜讀著。森林裡依舊可以聽到嗡——嗡——的聲音。

過了一會兒，眞木關了收音機，明也「大致」（這也是朔喜歡的詞）確認了弟弟的狀態後，就把燈熄了。很大的蟲子正在用力鳴叫，燈油的味道飄散開來。透氣窗邊透入了外面帳篷常夜燈的亮光……

根據牧叔叔的規則，要三人跟浮雕上的童子一樣，眞木在棉被上交叉雙手，讓明和朔握著。可是朔不喜歡，就隨便他了。

只有明握著眞木柔軟的手，爲了不打擾兄長睡眠，不用力輕輕握著。她決定等眞木睡著後才入睡。但眞木的呼吸很均勻，無法判斷是否睡著了。

夜深了，傳來像是夜鷹的鳥叫聲，明摸著已經沉沉睡去的眞木另一隻手，放在朔手裡握著。朔也已經睡著了。

7

朔之前認出名來的大琉鳥正在高處鳴叫著。在臉上靜靜流動的空氣，帶著涼意。但是身體卻是暖呼呼的。像是從眞木大而暖和的身體裡，接了暖氣管出來一樣。

明小心地爬起來，不驚動眞木，然而對面的朔已經不在了。明走到外頭，讀著廁所隔壁的帳篷上牧叔叔留下的紙條。

「你們睡得好嗎？因爲還有工作，我先下山了。」

明走到湧出水來的岩石底下，洗了臉、漱了口，再回到柯樹旁，朔已經慢跑完回來了。如同上次眞木般站在倒下的柯樹樹幹上長出的樹苗前。

「在夢裡去了哪裡嗎？」

「去了，但是記不太清楚。」

「我也是……作了夢可是不太記得……」

「總之，平安回來最好！」

柯樹樹洞裡傳來鋼琴的演奏曲聲音。過去一瞧，只見眞木筆直挺著身體，正在收聽星期天早上的古典音樂節目。

明開口問：

「眞木，如何？有趣嗎？」

「我已經聽了很久的《名曲時間》節目。」

明覺得眞木現在不想說夢的內容，所以才回答FM節目。

把樹洞裡打掃乾淨，整理好行李，把毛毯掛到帳篷上拉著的繩子晾起來。三個孩子走入有點幽暗的森林，過了橋，從漸漸明亮的樹叢裡往山下走去。

朔是三人組裡最喜歡思考也是最急性子的人，他對沉默不語的眞木失去了耐性，忍不住問：

「喂！眞木，你對奶奶說了想說的那句話了嗎？」

「朔你不也在嗎？」眞木罕見地以不太高興的聲音說。

8

之後，直到回到森林之家前，眞木都沉默不語。吃著簡單的早餐時，也是低著頭，不給兩人說話的機會。看起來就知道相當地疲憊，吃完飯後他就鑽到雙層床的下鋪去。

朔對眞木還有點顧慮，留在客廳，雙手枕在腦後仰臥。明則站在面向櫟樹叢的窗邊，她說：

「眞木不想說。」

「難道是還在意我的批評，擔心那是不適合跟奶奶說的告別話嗎？」

「我覺得有點不太一樣。」

明在心裡思索著，一邊說：

「眞木大概想，明明是一起搭乘夢的時光機，爲何朔會問這樣的問題呢？應該是覺得被嘲弄，所以生氣了吧……」

「我自己不太記得是不是搭乘了時光機……」

「我也是……」明說。

即使如此，他們可以確定的是去了什麼地方然後又回來了。

「大家一起努力回想起來吧！」朔說。

第四章　三人組想起同樣場面

1

明回到二樓房間裡，仰躺在床墊上。像朔一樣，兩手枕在腦後。像是朔希望想起事情那樣，她也用力回憶起來。

明從小就覺得弟弟不管各方面都比自己優秀。因爲明總是掛在嘴上這麼說，所以媽媽以「人各有長處」激勵她。這也成了明最喜歡的一句話。

媽媽這麼說：

「朔會把書本上或是實際上發生過的事情，牢牢記住。而且是以故事的形式記憶下來，所以可以說得十分有趣。」

「另一方面，小明你是用圖畫的方式來記東西吧！因此你想說出來，也無法馬上解釋得清楚。過了一段時間，就會照當時的樣子描繪下來，不就可以詳詳細細交代出來了……這就是『人各有長處』。」

明站了起來，把朔用語言想起的東西，自己則用天藍色筆心的鉛筆畫出來。首先，是夢裡看到的房間模樣……那時候，清楚地意識到自己去的是醫院的單人房。點滴注射的金屬管架，還有幾根管子。

站在旁邊的眞木，正在探身去看病床。朔把手搭在眞木寬闊的背上……

明則站在好幾個人背後，那條窄窄的通道上。在這位置上，她聽到奶奶小小的聲音：

「剛剛眞木對我說了好聽的話呢！」

2

當明畫好回憶中的場景，已經到了吃飯時間。

朝姑姑爲明他們送來午餐用的燉雞和飯糰，然後她說起了一件事情：

「昨天晚上想到你們三人組正睡在柯樹樹洞裡，我就擔心得睡不著，然後就想起了奶奶臨終前的事情。

「有一天，奶奶醒來後，很難得地意識相當清醒，高興地說：『剛剛眞木對我說了好聽的話呢！』我說，三人組他們來探病了嗎？眞是太好了。

「然而，昨天我睡著以後在夢裡看到一樣的場景。當時想，那只是一個夢而已，可是我又覺得那不單單是夢而已。」

打起精神來的明，把圖畫給朝姑姑看，跟她說明了自己在樹洞裡的體驗。眞木當然也還是沉默著，朔也同樣不發一語。可是明可以清楚感受到，兩人在背後完全支持自己所說的話。

明剛說完，朝姑姑拿起了廚房紙巾擦拭眼淚，然後抱緊了明的肩膀。過了一會兒，她這麼說：

「眞木、朔，還有明，你們三個人開始做的事情，非常需要勇氣，很了不起。我這個大人卻一點勇氣都沒有。就像是奶奶過世前那樣的時候，也感覺到眞木眞的來過了，我卻只是一笑置之。」

3

當明開始去上幼稚園的時候，從家裡到第一個拐角處有一個舊式接送的公車站。有天，爸爸因爲晚來接她，明就貼著牆邊一個人走路回家。穿著幼稚園制服的明走路的樣子（因爲被教過就算別人跟妳說話也不可以隨便跟人家走，所以就低著頭誰也不看）——

「就像是罌粟花仔在動！」爸爸常這麼說。

如果身體像是罌粟仔的話，心臟應該很小吧……

就算已經是國中生，明還是認爲自己的心臟很小。不僅每天都戰戰兢兢，就連睡著後都提心吊膽，常作噩夢。

當父親的文章和母親的畫在週刊上連載的時候，明特別對於媽媽的圖畫截稿時間很在意。明很怕報社打來的電話，常常夢到記者拿著剪刀躲起來的夢。她以爲「截稿」就是要把稿子截斷，由於不知道要用什麼來截斷，因此就想像成剪刀。

媽媽很擔心地對她說：

「作夢是身不由己的，醒了就不要去想了！」

爸爸則像是把明比喻成罌粟仔那樣地打趣說：

「能這樣最好了！」

4

明是這麼想的。

眞木對於老師說過他不知道夢這件事情非常在意。她把想到的事情再整理一次。

1.覺得眞木也會做夢。

2.但是，實際上發生的事情和作夢發生的事情無法區分。

3.所以問他：「作夢了嗎？」會覺得很困惑。

明現在回想起昨晚在樹洞中睡覺時，體驗了跟這裡不同的地方、不同的時間，而且眞木和朔也一同前往。就連朝姑姑也認同了自己的話。

因爲是搭乘了夢的時光機，應該是作夢吧。三人組都作了同一個夢。關於這同一個夢境，明和朔以及眞木都夢到了，還可以作證。這麼一想，明不禁高興起來。

「原本想到夢的時光機的，可是朔呢！」

朔應該可以思考得更深，能好好解釋我們身上所發生的事情吧，明這麼想著。

5

晚餐結束之後，眞木似乎已經不打算去想昨晚到今天早上發生的事情，熱中聆聽電視節目《N響時間》。他身旁的明和朔正在交談：

「眞木明白夢的世界，眞讓人高興。我們人類雖然生活在眞實的世界，同樣地也可以生活在夢的世界裡吧？」

「不只有人類辦得到！狗狗也會做夢。最初眞木在柯樹樹洞裡睡著的那晚，培根不也跟著夢的時光機來了嗎？」

「培根本來就是在這裡嗎？」

「小朔，我認爲活在現實世界和夢裡的世界，重要性也許是九十九比一，即使如此，眞木的內心，也有百分之一的世界被拓展開來了。」

「心理學上，夢境的比例不是更高嗎？我們就來把眞木的內心世界拓展開來吧！

「昨天爲什麼我們大家在夢中會到同一個場所、同一個時間裡去呢？如果可以想得明白的話，或許可以進行新的冒險呢！」

第五章　被奶奶的畫引導

1

三人組在柯樹樹洞裡睡著，各自作夢。可是，三人卻一起到了同樣的地方。也就是可以用「三人組」的形式乘坐夢的時光機。

這麼一來，從這棵柯樹樹洞裡出發前，就該好好商量決定要去什麼時候的什麼地方。

朔如此說明。明擔任去詢問眞木想去哪裡的這個任務。

在這之前，是爲了去說給奶奶聽好話，所以才會到她最後住院時的病房裡，眞木想。這件事情，朔和明也有相同的感受。

但是接下來夢的時光機之旅，要問眞木的意願，卻是相當困難的一件事情。因爲眞木對於假設的問題很棘手不會回答，比如說接下來到柯樹樹洞裡要去哪裡呢？這類問題。

明觀察眞木一個人在做什麼。然後她發現了一件事情，平常都在聽ＦＭ調頻節目或是在小紙片上寫下樂譜作曲的眞木，現在常常會把帶到森林之家，奶奶送他的水彩畫拿出來看。

「眞木，你喜歡哪張畫？」

明問他。眞木就像是被問到古典音樂問題一樣，到ＣＤ架上找片子般，把奶奶送他的箱子拿出來，選了一張。

明盯著那張畫沉思著。這時朔也從旁邊湊了過來。

「乍看之下，眞是一張很陰暗的畫……可是正中央森林裡被陽光照射到的地方，紅葉很漂亮呢！」

「但是我還是不明白爲什麼想到這畫裡地方去？眞木，是什麼原因呢？」

「我不太擅長待在人群裡。」眞木回答。

明正在想該怎麼回答而不知如何是好時，朔說：

「是啊，如果想要進入畫裡世界這可是很重要的問題。」

2

這張畫是三人組暑假時停留的森林和山谷間的村莊景色。奶奶畫的風景畫，每張都是這個樣子。在畫的正中央是如龜背般茂盛的森林，陽光照射的部分只有森林的左半邊，明想應該是早晨的景色。

蓊鬱的綠色（朔說這是闊葉樹）綿密展開，四處點綴著紅葉的樹木。帶著青綠的黃、明亮的黃、橘色、紅色以及更深帶點紫色的紅。暗色背景的森林右側及左邊深處隱約可見遙遠的群山，都是帶點青色的灰。

朔詢問道：

「這張畫，眞木你想去哪裡？」

「去有培根的地方。」眞木這麼說，並把手指向陽光還沒照射到的地方。

森林右半邊高處，有個像是岩石山般突出的地方。仔細盯著平坦的地方，會發現好像有一個小孩子和一條狗站著。

「這是銘助！」朔說。

「銘助跟狗狗！」明也說。

「他帶著培根。」眞木說，臉上浮出不可思議的微笑。

明唯有在哥哥這麼笑的時候，會感覺到他身上有些地方是自己完全不知道的。朔也曾經這麼說過。但是朔也沒多問爲什麼是培根，就熱烈討論起來。

「這是以前山谷間的村落發生特別重大事件前一天的早晨。在這張畫的角落奶奶寫下標題。」

「銘助元治元年之迎接逃散難民圖」。這張畫裡雖然沒有畫出來，銘助是正在看著從河川底下蜂擁而上的人群。

銘助看著這些因爲生活太苦了從農村裡逃出來，沿著河川登上山到村子裡來的人。

「眞木，你想在大批農民還沒擠滿山谷之前去尋找培根嗎？」

「因為我不太擅長待在人群裡。」

這麼回答的眞木，又恢復以前的笑容。

3

「元治元年，距今已經一百二十年了。下游許多人家逃難到村裡來的事情，現在也還叫做逃散，奶奶曾經詳細對我說過。」朔對明說。

就像以前獨自收聽音樂一樣，眞木在客廳的窗前，用那種就明看來相當微弱的音量收聽ＦＭ調頻節目。朔和明決定坐在餐廳的桌邊談話。

流經山谷的河流與更大的河川匯流後，奔向大海，河道兩旁平原廣闊地伸展開來。而水田的規模就會更大。稻米豐收的土地上，每個村子都是農民數量最多。但是一旦遇到連續的歉收，就很難繳交租糧稅收給支配該地的藩屬。如果藩府橫徵暴斂的話，農民的日子就會過不下去。

沿著河川往上爬到這個山谷，再往南越過山，就有更豐饒的土地。藩府的稅收也比較溫和。因此從老人到小孩，在村子裡住的農民通通逃散出來，打算移居到新的土地上……

這場「逃散」，沿著河川旁的農民呼朋引伴，最後成爲一群龐大的隊伍登上山來。他們在河川盡頭的村子裡完成準備工作之後，就要開始攀登險峻的山路。

4

「山谷中村子裡的人，一直都住在這個遠離下游村子的森林中，以收集蠟原料等方式爲生，藉著跟其他村子不一樣的方式獨自發展。一百二十年前的『逃散』時期，跟下游的村子相比，還聊以應付生活。還不到需要成爲這些難民的夥伴，捨棄山谷間的土地這種程度。

「但是逃到這裡的農民正被藩府軍隊追趕。從這些人的角度來看，也會懷疑谷裡的人會協助藩府反對自己。要是這麼多的人被當成是敵人，也很麻煩。

「這時候，還是孩子的銘助就發揮了很大的功用，即使還是個孩子能力卻很優秀，被稱做是『童子』。不僅弄了飯給他們吃，也準備了讓他們睡覺的地方……以便讓恢復精神體力的逃散隊伍，可以和平地離去……」

5

眞木雖然聽著音樂，樣子卻也好像在聽著朔所說的話。聽到這裡，又取出一張奶奶畫的水彩畫，遞到朔和明的面前來。

「山谷裡滿滿的都是人。就連水田和旱田間的小路上也擠滿了，沿著河邊的大路上就更多了，大家都是這樣坐著，要吃飯吧？這邊有藩府的武士，他們正在喝酒。像倉庫一樣的家前面，搭起了舞台般的地方，女孩們在跳舞。

「我們三人組就到這個場面去吧！」

「但是，要是這麼多的人有人發現從未來來的我們，生氣起來的話該怎麼辦？」明擔心地說。

「危險的話，馬上回來！」眞木說。

小明，放心好了！

他這麼說，果然又浮起了不可思議的微笑，這次朔也發現了。不過，他立刻轉個念頭，聊起了自己的想法。對於弟弟這種靈敏的反應，明覺得自己是比不上的。

「上次，因爲我們三人組想著奶奶入院的醫院，自然就準備好了。

「這次，我們的目標是要到這張畫的場面裡去。那就必須先知道些銘助的事情。眞木他對想去見培根這事相當明白，沒什麼問題。

「現在我恰好有本爸爸所寫的書，是關於這個山谷跟森林以前的事情。剛住到這裡時，我想要了解這裡的情況，就對朝姑姑說，她選了這本書借我。

「而且還把爸爸童年時期畫的圖給我一併參考，帶來給我。就先來看看吧！」

朔回寢室去拿那本好像他睡前在床上讀的書。應該很快就會回來，卻一直不見蹤影。應該是爲了不讓談話時間「無意義」所以正在標示有關銘助的地方吧？明這麼想。

朔的急性子常常以很滑稽的形式呈現，不過有時候也會把剪得很小張的各色紙條貼在書裡方便查詢，這是看到父親的習慣模仿而來。

小學的時候，級任老師曾對明說：

「妳父親這樣寫妳的唷！」讓她感到很困擾。

她坦率地回答我沒說過這些話，沒做過這些事情——

「為什麼要說謊呢？」有的老師就會露出厭惡的表情來。

不知不覺間，似乎有另外一個女孩子說著「我的話」做「我的事情」，明覺得很可怕。

她對朔說了這件事情。

「那只是小說。妳這麼回答就好啦！」弟弟相當不在意地說。

但是，朔的朋友當中並沒有人對爸爸的小說感興趣，明的朋友們也是。

國中的時候，明加入了服務身心障礙小學生的義工社團。這是因為自己希望可以更了解眞木的狀態，另外一方面也是因為意識到班上只有自己一個人了解身心障礙兒童的情況。

有社團活動的那一天，明回家後會對正在做晚餐的媽媽聊起和自己成為朋友的快樂小學生。有時這種話題會一直延續到餐桌上。

有天，明和媽媽開心地說起了一切，父親則是靜靜地聽著她們談話。上床之後，明突然擔心起來，那個小學生或許會在爸爸的小說中出現，被迫說那些不是「自己的話」做著「自己沒做過的事」……

她跳下床跑到父親的書房大叫：

「絕對不可以把我朋友的事情寫到書裡！」

6

總之，離開了父親（以及母親）後，開始在這森林之家生活，明就發現朔其實學了不少父親的話和習慣。說不定自己某種程度上也是……

「跟媽媽比起來，爸爸的繪畫才能沒有那麼好，但是這張以國中三年級生來說，畫得眞是不怎樣！」朔很開心地說。

「聽說老師曾經認爲這算什麼『世界之畫』打了爸爸一頓。在這本書裡他也有提到呢！不過也許是因爲畫得太差，才會讓老師這麼生氣吧！

「不過看上去還是可以知道是這座山谷和森林。從東往西穿過山谷的河流。從南岸看去，一眼就可以明白，這是河道旁成排的農家。北側的森林。樹叢間若隱若現的登山小路。延續下去是森林東北邊高處，一個像是孤島般的小聚落……」

不過這樣只用到這張直立畫的三分之一。上面塗滿天藍色（比明喜歡的顏色再淡一點）。像是蠟筆混著沙子顆粒般，拖出一條白色的線。雲上有一個巨大的女人，還有一個大小約十分之一的男人。女人掛著長頭髮，男人打著髮髻。

「女人是第一位來到這座森林，創造出這個村子的人，是個形體非常大的女人……因此，銘助就這麼小了。」朔解釋說：

「銘助活耀的時期，這一帶沿河而下的地方都是有城堡的藩府領地。是統治這個國家的幕府旗下的藩屬之一。不過當時大家都已經感覺到幕府的做法沒有前途。美國的軍艦來到了日本，強迫幕府結束鎖國政策。」

「在這過程中，有些小藩已經開始探索新的生存之道，因此需要經費。然而，向藩府繳稅的只有農民。所以才會發生逃散事件。銘助暫時解除了這個危機。

「儘管如此，國家當時已經大亂。所以本地也不可能例外，逃散之後過了些年，就發生了暴動。銘助被推舉出來，指導武裝的農民，廢除新設立的租稅處。不過，暴動之後只有銘助被藩府抓了起來。

「銘助的母親到牢裡探視，當時銘助正在生病。於是，母親就對病中的銘助說，不要怕，我會再把你生出來……」

「聽說爸爸小時候，在森林裡迷路發了高燒，奶奶也是這樣對他說。

「用銘助媽媽的話來安慰害怕的孩子，這是種習慣。」

「『世界之畫』要畫的是日本列島──包括朝鮮、台灣和庫頁島的一半──從那裡將太陽旗插滿全世界，在當時這才是正確的答案。

「爸爸畫了山谷和森林裡的傳說，所以老師才大發雷霆。」

7

這週末，三人組以柯樹樹洞為目標，向山上的森林出發。他們身穿秋末的服裝，只有睡在樹洞前帳篷裡的管理人牧叔叔還穿著夏季裝束。

奶奶的圖裡畫著樹葉轉紅的森林。如果乘坐夢的時光機前往那個季節的山谷，穿成夏天的打扮或許會覺得太冷。明時常掛念「安全」，而有此想法。

從訂定暑假期間來山裡小住的計畫開始，明就考慮到森林裡氣溫變化很大，因此直接從家裡宅配了三人組各自的短外套和長袖上衣來。

柯樹樹洞裡冷冷的。三人組就穿著外衣直接躺下來。當燈光消失的時候，朔已經不再彆扭，像個男子漢似地爽快地握著眞木的手。另外一側，只要明一伸手，眞木短外套的口袋中就響起紙包的聲音。

8

一到達，明他們就發現了銘助。從明那裡望去，銘助就站在岩鼻右側，後面樹林凸出來的那棵茂盛樟樹底下。

頭髮向下披散，穿著似乎很堅固的皮製、明覺得像是半短外套的衣服。底下則是穿著跟奶奶修剪庭院時的綁腿褲很類似的褲子。散在肩膀的頭髮，用印著藍色圓圈的方巾束了起來……

然後就是那隻背部毛色像是燃燒般紅褐色的小狗，前爪踏在岩鼻旁隆起的土堆上。

銘助和狗都在看著山谷裡下游的狀況。

在東京小住期間，每逢下雨天，奶奶就會用彩色的鉛筆描繪風景，然後一邊說著養育父親的那個村裡發生的逸事。還說，這圖的比例像是從高空盤旋的老鷹或是鳶的眼睛看到的樣子，因此就叫鳥瞰圖。像這樣從森林斜坡上凸出來的岩石，就叫做岩鼻……

乘坐夢的時光機來到這裡的三人組，由眞木帶頭，後方偏右的是朔，再往後一步靠左側位置的是明。在森林和岩鼻交界處的高大石榴樹下，三人的裝扮和在樹洞裡別無二致……

當意識到銘助和狗就在岩鼻上時，明差點喊出來。朔也是（沉著鎭定的眞木另當別論）。

好不容易壓抑住了叫聲，可是狗還是轉了轉紅褐色的三角形耳朵。但是，不論是銘助或是狗都沒有回過頭來看他們一眼，三人組因此可以慢慢適應現在的狀況。

就在此時，銘助頭上的樟樹樹枝上出現了一個像是黑色猿猴般的身體。他低頭跟銘助耳語，接著敏捷地改變了方向，消失在枝葉間。

眞木覺得相當有趣，臉上浮現了笑意。並轉身向明看去，朔也從緊張中回過神來，小聲地說：

「那是不下樹之人！」

捕捉到這小小的聲音，那條狗隨即衝了過來，但在離眞木四五步遠處停下來。眞木穿著爸爸的半舊短外套，這時他從短外套口袋裡掏出紙包，將其中一片培根扔過去。那條狗絲毫沒有閃開，吃掉了掉落腳邊的培根。

「培根！」

第一次見到這條狗的明和朔同時發出了驚叫。

轉向這裡的銘助向眞木舉起一隻手。眞木再丟出一片培根之後，也同樣地回禮。

即使如此，銘助也沒有立刻走到眞木他們身旁。他依舊站立在原地，意志堅定的寬闊嘴唇緊閉著，濃眉下閃爍光輝的眼睛看著吃著培根的狗。

眼前這位年紀和自己相仿的少年，將刀插在皮衣上的帶子裡，有著大人般的神態。明對他相當佩服。朔兩腳用力踏著地，準備好好守護明。

9

回到森林之家後，朔這麼說：

「我們從奶奶說的故事或是爸爸寫的書裡，知道銘助這個人。也知道自己正身在他的時代裡。

「但是，對銘助來說我們是突然出現的不可思議三人組。應該是嚇了一跳才是。可是他還是從我們的裝扮上，看出我們是來自未來。

「給大家這段時間的是眞木！把帶去的培根一片片丟給小狗吃。讓我們跟銘助成功見面是眞木的功勞！」

10

這時，眞木餵完了培根後，把包裝紙收到口袋裡，柴犬便回到銘助腳邊。

之後，眞木走到銘助身邊兩三步遠之處，開口問他：

「這條狗，是你的狗嗎？」

「這是山上的野狗……」

第一次聽到的銘助的說話聲，像是害羞少年的聲音。而且，說完之後臉就紅了起來。像是忍住不要笑出來的樣子。明覺得很意外。

「……這條狗在千年老柯樹樹洞裡做了窩，其他野狗都是成群的，只有這條是單獨的。以後生了小狗之後，又會換成別隻……」

「叫什麼名字呢？」

「我也分不清楚誰是老的小的……只要到山上的樹林裡來……喊一聲狗！就會來了。」

「我叫牠培根。」

培根把頭抬起來向著眞木。

「眞是好名字……叫培根是嗎？狗？」

聽到培根，狗又轉向去看銘助，接著聽到被叫作狗，表情相當困惑。

三人組笑出了聲音來。銘助也露出雪白的大顆牙齒笑了起來，然後又會回到最初那種小大人般的沉著。

培根向著樟樹的方向抬起頭來。像是影子般的人，又再度露出了頭和肩膀。銘助以有力而敏捷的動作，往濃密樹葉下移動……

回來之後的銘助，黑色的眼睛直視著明。

「你們不是這個世界的人。是從你們時代來到此處的『童子』吧？我曾經聽過，常有這種事情！

「現在我有急事要辦，沒法帶著你們到處參觀……請你們再來吧！已經來過一次，還能再找到路來吧！」

11

銘助走進樟樹陰影下的小路。不久，只見他飄著黑髮，沿著被越橘繁茂枝葉包圍的坡道跑下山去，狗跑在他的前面。

剛剛還稍微陰暗的地方，現在都沐浴在陽光底下，連遠方閃著光亮的河川都看得到。岸邊的林木已經染紅。

他們因爲太緊張了（當然眞木另當別論），感覺像是完成了什麼大工作般，坐在石榴樹的黃葉堆中，曬著太陽。

「他說我們是『童子』！」朔說。「只有銘助才是『童子』啊……」

「我們來到了他所生存的時代和地方。他看著奇裝異服的我們，很自然地會誤以爲是『童子』吧？

「而且如果是眞木的話，很適合說是『童子』呢！我只是『普通的人』……」

「銘助也看到小明了！」眞木說。

「才沒有呢！他只跟眞木你說話……我完全被忽視。」

明也認爲銘助對朔很不公平。可是朔一想到那個場合重要的問題，就不會把其他事情放在心上。

「儘管如此，培根也聞到了我的氣味，我也感受到狗的問候啊！

「不過，現在最重要的是要弄明白這裡發生了什麼事情。我們最好回想起奶奶說過的話和爸爸書上寫的事情！」

12

「銘助還是個孩子，卻被選來做照顧逃難人的工作？」明說。「難道這時代裡沒有村長或是警察署長這種職位的人嗎？」

「因爲藩府軍隊進入村子以後，會調查有誰協助這些『逃散』的人。如果村子裡的重要人物被懲罰了，會很困擾吧？

「所以才會挑選還是孩子的銘助，爸爸這麼寫的。銘助是村長的長男，好像是很有名的淘氣孩子。」

「還有像是朔馬上就注意到的不下樹之人也在這裡。」

「這個人是因爲有點事情，跟家族分離住在森林裡。

「這裡有『河道』與『林道』，平日大家都走沿著河川的道路，可是彎彎曲曲路途遙遠，如果順著林中的路走的話則比較近。

「不下樹之人受到銘助之託，當林中道路的偵察兵，把逃散的人們沿著河道蜂擁而上的情況跟銘助報告。八成是他們已經進入了山谷，他才急忙下山去。」

當明和朔說話的時候，眞木把目光往下游的方向看去，並且側耳傾聽那裡的動靜。這時眞木回過頭來跟明以及朔，一起把左手張在耳邊。然後，眞木就這樣站起來，往岩鼻的前端，長著一團黃葉的灌木方向前進。朔和明也繼續把手放在耳後。

13

剛開始，聽到了像是臨海學校的夜裡聽到的聲音。閃著光亮的河岸邊道路上，出現了快要滿出來的人群。

「簡直就像是難民！」朔說。

明驚恐地緊緊摟住眞木的手臂。朔從粗呢大衣裡取出雙筒望遠鏡四處張望，同時擔心會不會被山谷間的人們發現。

可是，占滿路面的隊伍行列裡根本沒有人抬頭，包著頭的布巾底下是一張張深褐色的小臉蛋。

這時朔將雙筒望遠鏡遞給明，從旁邊指著。明看到擠在一起的一群女孩子。她們身穿著好像是好幾種布料縫在一起的藏青色條紋和服，背著小孩子或是揣著裝滿的大小包袱，往這裡走來。

女孩子從短短的裙襬底下露出的雙腿，急急擺動，全都穿著染成紅色的鞋子……可是，一百二十年前日本孩子穿鞋嗎？

「啊！」明驚叫出來，放下雙筒望遠鏡哭了起來。

眞木從明的手中拿起雙筒望遠鏡，還給垂頭喪氣的朔。

三人組回到石榴樹下堆滿落葉的地方。明和朔從小就常在名叫馬拉松的公園裡散步，就像以前走累跑到眞木旁倒在他身上休息一樣，他們把眞木圍在中間，身體靠上去坐了下來。

明終於停止啜泣：

「我眞恨自己還是個小孩子！別的孩子那樣的痛苦，可是我卻不能做什麼。」

明覺得自己的聲音已經變得憤怒，會刺痛眞木的心。卻沒想到這番話給眞木帶來了精神。

14

三人組每個人都沉默了很久，然後朔說：

「我想了想，這是時間的問題。夢的時光機，去了去年年末奶奶住院的病房。

「而現在，正是銘助重大工作將要開始之日，我們又來到了這裡。從上次到今天，只不過相差了一星期，可是我們卻借助時光機，旅行在一百二十年前的時間裡。

「可是呢，就在我們與銘助和狗兒相遇，以及從高處俯瞰逃散的人群來到山谷裡的同時，時間仍舊繼續前進著。

「那麼，我們先返回森林之家去準備些必要的東西，會變得如何呢？

「會花上一天的時間吧？那麼希望再次回到這裡來，跟柯樹樹洞祈禱的話，或許可以回到跟現在只相差一天的時間裡。」

「什麼是必要的東西呢？」明充滿期待地詢問。

「我們去找些對『逃散』的孩子有用的東西，帶過來放進柯樹樹洞裡吧！眞木也已經兩次帶著培根來旅行了！」

一直沉默的眞木，這時看著明，大聲地說：

「好！三人組返回！」

像是海鳴般的聲音消失了，身體像是漂浮了起來，明想起來在奶奶的病房，也聽過眞木像現在一樣大喊……

第六章　時光機的其他規則

1

柯樹樹洞裡，明醒了過來。只聽到眞木睡夢中緩慢的呼吸聲，同時知道了，另外一側的朔已不見蹤影。朔希望幫助明協助那些必須跋山涉水的孩子們，因此起了個早先出去晨跑。

明在湧出泉水的岩石底下漱口時，滿身大汗的朔回來了。

「在眞木說要從這裡回去之前，我已經先把雙筒望遠鏡擺在石榴樹的根部。

「如果可以把這留在那裡的話，就沒有問題；萬一它跟著我們一起回來的話，那麼就算我們想搬什麼過來，也沒有辦法成功的。」

「結果如何？」

「在這裡，哪兒也找不到了。」

「太好了！」

「那麼，我們要帶什麼過去呢？」

「我很擔心那些不斷走路的女孩們的腳。雖然應該穿著草鞋，上面套著布或是用稻草捆起來。但血都從那裡滲出來了……

「他們不是還要繼續走下去，翻山越嶺嗎？我想傷口會化膿的。」

「就準備消毒藥水吧！」朔很確定地說。

「我一直在想，把雙筒望遠鏡留在那裡了……雖然是必要的實驗……卻違反了時光機的規定。

「就是不能讓另一邊的科學產生混亂，這個規則。我很擔心那位不下樹之人會發現雙筒望遠鏡。雖然從伽利略的時代就知道這個原理，但是技術的進步上還是有差別，所以使用的材料也不同。」

「這麼說我們該盡早去拿回來。」明說。

「先去準備消毒藥水吧！

「製作藥品雖然是新的科學，但是使用過一次之後就不會留下來。跟被小狗消化掉的培根一樣。但是得把容器帶回來。」

「朝姑姑曾經在縣裡的紅十字會當很長時間的護士。應該可以幫我們準備所需要的東西。

「……但是，要跟朝姑姑說嗎？去看過奶奶那件事情，她相信了我們的話。但是『逃散』是比那還要難以置信的事情吧！」

「跟她說吧！即使是令人難以置信的事情，必須坦率地說出來，才是實話。這是爸爸在我跟朋友發生問題的時候，對我說過的話……」

2

聽完了話，朝姑姑產生了很大的興趣。

「有一條河流過山谷裡，可以在那裡搭建醫療站，也可以好好地清洗傷口。

「擦乾以後，噴上消毒藥水時，要距離傷口十公分。現在還有非常方便的O・K・繃，會多準備幾種。」

整個下午，朝姑姑都開著車東奔西跑。準備好的瓦楞紙急救箱，連同治療用紗布在內，共有三箱。在柯樹樹洞裡睡覺的時候，該怎麼帶去呢？

朔說，昨天夜裡是將雙筒望遠鏡塞在外套裡，把帶子綁在手腕上睡。因此，急救箱也可以用繩子綁上，每個人腳上各綁上一個。

朝姑姑說：

「我最不放心的就是你們三人組的服裝和髮型了。

「可是銘助可以接受你們是來自別的世界，或許其他的孩子也會這麼想。問題是大人怎麼想，還有你們說的話也是。」

「銘助講的是哪裡的話？」

「都是眞木在跟銘助說話。我在旁邊看眞木聽了銘助說話，他也回了話。感覺自己好像可以聽懂。

「就像平常眞木在聽古典音樂，我在旁邊聽，那種感覺很像。」

「朔也是嗎？」

「我沒有自信全部都聽得懂。

「但是，因為這是『三人組』要一起完成的事情，我也會好好加油！」

3

跟昨晚睡在柯樹樹洞同一時間，三人組又進入了樹洞裡。當回過神來的時候，便發現自己已經站在岩石頂端上，看著日光照射在半邊森林與山谷上。每人的右腳上，都用繩子繫著瓦楞紙箱。

朔迅速地解開了繩子，然後就跑到石榴樹根下去取回雙筒望遠鏡。明也蹲下來，解開自己和眞木腳上的瓦楞紙箱繩子。

眞木馬上走到隔著茂密的灌木叢正用雙筒望遠鏡瞧著山谷的朔身旁。明發現那是在東京從未見過，迅速且堅定的步伐。

反觀自己，明發現解開繩子後，動作老是慢吞吞的。

往下觀察山谷，每一戶人家都升起了白色的炊煙。河邊大道上，密密麻麻布滿了昨天還未曾看到的土黃色三角形物體。

那是用木頭或是竹子搭起來，上面鋪了像藺草蓆般的東西。仔細瞧瞧，有人從這倉卒搭起的棚子裡出來，站了一會兒，然後又消失了。

「眞木、朔，把消毒藥和OK繃放在這裡就回去吧。

「朝姑姑雖然教過我怎麼包紮，可是我卻無法替女孩子們消毒啊！

「那個，眞木，你只要說出那句話，我們馬上就可以回去了吧？」

眞木與其說是在望著河谷，不如說像是在傾聽底下傳上來的聲音。很罕見地，他並沒有回答明的問題。

反倒是朔勸起明來：

「這樣的話，不就『無意義』了嗎？這個時代的人就算看到箱子裡的東西，也不知道怎麼用。

「而且，萬一小孩子喝了該怎麼辦？」

「話是這麼說，但只有我們往下走到山谷裡，能把孩子都聚集過來嗎？我們誰也不認識啊！

「如果培根在的話，說不定可以把銘助叫來……」

「培根會來唷！」眞木沉靜地說。「剛剛已經叫了起來。」

4

正如眞木所言，朔用雙筒望遠鏡看到培根沿著山谷跑上來。指出位置之後，明終於可以用自己的眼睛追逐著在紅葉間忽隱忽現跑來跑去的小狗。

培根一口氣跳上了岩石頂端，停了下來。然後往眞木的方向走了幾步，隔了段距離靜候著。眞木從短外套的口袋裡拿出紙包，丟了一片培根過去。

「我們並沒有帶便當來！」朔說。

「我帶了巧克力！」明摸索著上衣的小口袋。

培根吃完了東西時，銘助從樟樹後面現身。培根一靠近他，銘助就單膝著地解下拴在腰上的葫蘆，倒了水在右手上餵牠喝。

銘助同時也抬頭對眞木笑了。眞木看著銘助的動作，以及和昨天截然不同的髮型和服裝，會心一笑。

追著感應到三人組到來的培根，原本在山谷裡的銘助應該是馬上跑了上來。會花上這麼多時間應該是換上這身衣服的緣故，明這麼想。

銘助昨天還像是森林裡的獵人，但今天早上穿得就像是在電影裡看到過的年輕武士，頭髮上了油在額頭上擺動，耳朵周圍到後腦勺都剃得精光。身穿短外褂、褲裙，腳上套著布襪，木屐上緊緊綁著布繩。

5

銘助靠近明他們三人身邊，手上拿著竹根做成的鞭子，碰碰碰地敲著放在地上的瓦楞紙箱。他問眞木：

「這是什麼東西？」

「是禮物。」眞木回答。

朔隨即做了說明：

「我姊姊想要蓋一座女孩子的醫療站。小孩子們的腳都負傷了……受了傷。爲了不要讓傷口化膿……不要變得更糟。所以要消毒……得裹藥。」

明急忙蹲下，打開瓦楞紙箱，取出一瓶消毒藥水、一個ＯＫ繃小箱及一條紗布。

銘助帶著驚訝又有趣的表情，張大骨碌碌的眼睛看著朔和明。明很擔心朔說的話他聽不聽得懂。

眞木這時幫了個忙。他從容地捲起外套的袖子，伸出右手腕。

剛來森林之家時，被蟲咬的地方因爲抓癢而破皮出了血，明貼了ＯＫ繃在傷口上。眞木慢慢地掀起ＯＫ繃，讓銘助看紅腫的傷口。

「對了！眞木，我再消毒一次吧！」說完便熱心地朝銘助說：

「銘助，給我一點葫蘆裡的水，首先是要清洗傷口！」

被叫了名字的銘助，表情認眞了起來。然後解下腰上的葫蘆遞給她。明就照朝姑姑所教的步驟，布上沾了水清洗傷口，再噴上消毒藥水，然後貼上ＯＫ繃。

「要像這樣消毒。從遠方徒步來的女孩子們……還有小男孩……腳都受傷了。我想替他們腳上的傷消毒。

「爲了要清洗傷口，所以得在森林或是山谷間有河的地方搭蓋醫療站。也就是治療傷口的地方……你聽得懂嗎？」

「俺，大概可以明白妳的意思，但要怎麼做？」銘助說。

「我想他應該聽懂了。」

眞木很用力地說。

銘助、朔，就連明也笑了出來。連同眞木四人一邊笑的同時，明意識到銘助正確地理解了眞木在「三人組」裡眞正的作用。

6

這次換成朔來擔任詢問銘助的角色。

「接下來該怎麼辦呢？」

「怎麼辦呢……我們這些『逃散』的人，希望明天、後天先在山谷裡休息……然後再越過山頂。

「這是那些人已經決定好的事情。」

「藩屬的軍隊正從城下町追過來吧？」

「在你們來之前，都一直下著雨，山洪爆發。下游的地方，橋已經被沖走了，道路也毀壞了……逃散的人群往山裡走，藩屬的武士則要等道路修好了，再組隊攻來，大概還要再等個三天才會到。」

「那麼，就來治療腳傷吧！在傷治好之前，讓小孩子好好休息。太好了，眞木！」

「我也覺得太好了！」

說完之後，明把用過的瓶子、剩下的ＯＫ繃收到已經開封的箱子裡。眞木把箱子遞給朔，自己也拿了一箱。

銘助則是很輕鬆地拿起剩下的一個箱子，一行人踏上樟樹下的小徑。培根從腳邊鑽過，跑到前頭去幫大家開路。

眞木的腳步相當踏實。可是總掛記著「安全」的明，爲了怕眞木滑倒，所以走在他身旁。而緊跟在後的朔，似乎也有同樣的想法。

7

從岩石頂端走下來的路途中，一個比銘助大上許多的年輕人，和服下襬用帶子綁起來站在路旁等候。和明他們說話時完全不同，銘助儼然是個大人的模樣跟年輕人說話。年輕人帶著三個瓦楞紙箱飛奔而去。

銘助和三人組走入了杉林陰暗的地方，穿過這一帶，坡道就變得和緩。路的左側可以看到一條小山泉，往路的下方注入。道路本身也寬闊了起來，然後就看到河邊的大道。

流到路底的小山泉，鑽入石頭組成的隧道，落入大河川裡。明他們走到路的盡頭處，這裡是一個小小的廣場。廣場邊緣，石塊鋪成階梯通往河邊。在廣場上有一棵大樹，仰望樹的高處，只見明亮的黃綠色葉子長得十分茂密。

「我記得好像見過這棵連香樹。」朔說。

明他們進入廣場首先看到的是正往河邊大道上移動的無數成年人。無論男女頭上都包著深藍色的布巾，男人挑著準備在廣場上搭建的睡覺用的藺草蓆和支架，女人則懷裡抱著行李。

在這些人往上走的路上，到河川上游爲止排著長長的藺草蓆小屋。屋子周圍都站著大人和小孩，大家都是垂頭喪氣地。對這些人來說，三人組的到來相當新奇，但是經過他們身旁卻沒有人抬起頭來看。已經累得不成樣了，明想。

眼看明就要再度失去信心，銘助把她叫來廣場裡面，往河谷走下去的地方。

「大姊，你看就在這裡做如何？」

「謝謝你，銘助！」

銘助對著年輕人擺出嚴肅的神情，同時很起勁地開始工作。

8

明看著接受銘助命令的年輕人，拚命在搭建醫療站的模樣。

「我和接受治療的人們面對面坐在藺草蓆上，這樣並不方便。」明對銘助說。

「我要坐在這裡。接受治療的人要站著，每次對著我伸出一隻腳。請準備可以讓腳踩上、光滑的板子好嗎？

「要接受治療的人，請在河川裡洗了腳再上來。請把石階到這裡，鋪上乾淨的藺草蓆。」

明緩慢地一句一句短短地說明。深怕對方聽不懂，但銘助的夥伴們很快就開始動了起來。其他的年輕人，把小女孩們帶到廣場上，讓她們排成一列到石頭台階那兒。

銘助脫去鞋襪光著腳，把腳浸泡在水裡洗腳，然後用腳後跟走上石階。接著，走到明所坐的藺草蓆前，把一隻腳跨在細長的木板上。

小孩子們看得聚精會神。銘助輕盈地跳起，在空中變換方向後落在藺草蓆上：

「大家聽好！就像我剛剛那樣做！」他大聲地說。

小孩子們已經擠滿廣場，在靠近山泉一端的隊伍，孩子們走下台階去洗腳。排隊等候的孩子們則緊張地低著頭。

9

噴嘴對著眼前默默出現的腳趾噴灑消毒藥水，稍待片刻，然後貼上OK繃。明不斷持續這項作業。即使孩子們在石階上耽擱了一會兒，明也會在等待的時候撕下OK繃的貼紙，黏在左手背做好準備，根本沒有休息的時候。腳受傷的女孩子們的隊伍（年紀小點的男孩子也來）從不見減少的跡象。

最先接受治療的幾個年長孩子去附近林子裡收集了枯枝，就在明進行治療的蘭草蓆旁，燃起篝火。

從山泉裡清洗過的腳走上石階時要用布擦乾淨，他們把擦腳布和治療用的布收集起來在河水裡搓洗，然後掛在篝火旁搭起的木架上晾乾。

爲了不讓年紀太小的孩子發生危險，也有人拿了木桶去河裡汲水洗腳。年紀較大的女孩子們，都各自來幫忙做事。

朝姑姑說，護士工作最重要的是，治療非常痛苦的人們時（即使心裡因此感到震驚或是難過），都要顯現早已習慣的態度，明努力做到這點。

眞木從廣場角落搬來代替椅子的低矮木樁，然後坐了下來。然後當一瓶消毒藥水沒了，他馬上遞上下一瓶。接著站了起來把用完的瓶子用腳踩扁，再套上瓶蓋，順序放入瓦楞紙箱中。這是眞木在養護學校裡學到的垃圾分類整理方法。

沒有事情做的時候，眞木就在一旁熱心地觀察治療過程，一看到大拇指和食指裂開的腳，他驚呼：「啊！啊！」消毒完的小女孩們聚集在篝火旁，遠遠地透過篝火看著眞木。一旦眞木發出聲音，這些孩子也跟著「啊！啊！」地叫了起來。

過了一段時間，小女孩們漸漸顯現活潑的生氣。有人把帶來的笛子從圍裙裡拿出來，手遮著放在嘴邊，嗶地吹響了聲音。

眞木抬起臉來，往發出聲音的方向看去，另外一個女孩子也嗶地吹出聲音。於是，每隔一段時間，笛子被吹響時，眞木就不再抬起臉來，只向吹出笛聲的女孩子方向伸手指去。

就算有好幾個人一起吹笛，但對於有絕對音感的眞木來說，還是可以從高音到低音按照順序指出來。絲毫無錯。女孩子們馬上就記住了遊戲的規則，試圖挑戰眞木。

10

在明和眞木爲孩子治療腳的時候，朔又在做什麼呢？原來，他跟著銘助去上游巡視了。看到明的工作順利進行之後，一直來回照看的銘助便邀了朔一同前往。

銘助步履輕盈地穿梭於藺草蓆屋頂的小屋之間。棲身於其中的成年男人和女人、上了年紀的老人及孩子們都圍在小屋旁，看也不看銘助或朔一眼。看樣子每個人好像只在思考著自己的事情。

綿延於道路兩旁，不寬敞的住家門口全都敞開著，赤紅色的火焰在陰暗的玄關裡閃動著。有時可以在白茫茫的蒸氣裡看到勞動著的女人。

「讓她們準備賑災飯吧！」銘助說明：

「俺們村裡沒有多餘的糧食。所以昨天我們一直在倉庫裡找、到山上收集食糧呢！」

再往上游走去，便看到一座有木欄杆，架在河上的大橋。對岸有一片砍了樹林清理出來的廣場，還有一座像是倉庫的建築物。逃難的人們的藺草蓆小屋，不管是在橋上或是廣場上都擠得滿滿的。

銘助和朔穿過小屋間站立的人群狹小縫隙，過了橋去。

進入大建築物裡，陰暗的右側堆積了很多麻布袋，散發著強烈刺鼻的味道。左側細長的地面的對面有間廳室，從背後明亮的紙門透入光來。穿著短外掛和褲裙，頭上挽著髮髻的老人家們，整齊圍坐了一圈。

「這是長老們的聚會。」銘助說。

然後對著長老們說：

「這是我昨日所說的『三位童子』之一！」他用一種理所當然的態度介紹朔。

「傳說中，當山谷裡的人發生困擾的時候，就會從森林裡跑出『童子』來，現在眞的實現了！

「另外兩位童子，現在正在照顧腳上受傷的那些孩子。俺們打算和孩子們一起幹活……

「在長老發布命令之前，就在黃櫨樹的麻袋前等著吧！」

穿著尼龍外套、布鞋的自己正被長老打量著——來此之前的逃難人群，從沒瞧過銘助或是自己——最不可思議的是他們竟然都不覺得稀奇。

朔和銘助在成堆的麻袋低矮板墊上找到一處，兩人並排坐下，然後銘助說：

「之前，俺們常說些怪事情，長老們或許以爲又來了，搞不好認爲你這身打扮是俺們特地把你打扮成這樣。」

第七章　銘助的作用

1

「堆在這裡的麻袋，裡面裝的都是黃櫨樹的果實。」銘助說。

「山楓、櫻樹的葉子也很好看，但是俺們覺得葉子最紅的還是黃櫨樹。」

「你注意一下，秋末的時候，大家會把結有果實的樹枝折下來，鋪在廣場上，很多人都來敲打，把果實集中起來。」

「因為可以把裝著黃櫨樹果實的麻袋交給藩府，用來取代糧稅。所以呢，在稻米收成不好的年頭，這村子就靠這個過日子。」

「黃櫨樹的果實……用來做什麼的呢？」

「這是蠟燭裡面的原料。俺們想這村子將來也可以來做蠟燭!」

只比自己年紀稍大一點的銘助具有如此實用的知識和計畫，朔覺得非常佩服。

這時，偵察兵回來了。此人一定是不下樹之人的同夥。銘助被叫到長老們的身邊，廣場上逃散之人的代表也跟了進去。於是，開始進行會議。從那邊傳來的談話速度極快，雖然聽得清楚，朔卻無法跟上。儘管如此，還是可以看出是發生很嚴重的事情。

銘助回來告訴朔：

「請你們撤退到岩頂那裡去。藩府的軍隊雖然還在遠方，可是有組三十人的快槍隊，已經沿著山路接近這裡了。」

快槍隊!朔已經顧不得路上人們的注意，一路狂奔到醫療站傳遞銘助的消息。

「可是治療還沒結束啊!」明說。

「三人組的安全不也是很重要嗎?就在這條河不遠的下游，聽說正在修建防禦快槍隊的陣地……工事。」

聽了朔所說的內容，眞木從充當椅子的松木樁上站起來。儘管如此，明仍舊繼續一個接一個爲來到面前把腳擱在木板上的孩子們治療。

朔開始焦急地催促，明終於下了決心，決定對幾個年紀稍大的女孩子交代一番。

這三個女孩子差不多可以稱爲姑娘了，她們是第一批對明伸出腳來的人。接著她們就照顧隊伍裡的孩子，或是用火烤乾布條換下打溼的擦腳布。

明把身邊的消毒藥水和OK繃交給這三位姑娘，誠懇地對她們說：

「請妳們繼續做下去！我和哥哥、弟弟現在必須要離開這裡了。」

姑娘們的頭髮從後頭紮起來，她們湊在一起用明聽不懂的話語商量著。然後其中兩人接過了消毒藥水和紙箱。朔則讓另一個人看眞木收集空瓶的瓦楞紙箱，一邊示範動作一邊說：

「使用過的空瓶，請裝在箱子裡，然後挖一個坑埋了。」

三人用力地點點頭。明內心充滿感傷之情，跟著抱著盒子打算埋起來的朔一起走回連香樹下，眞木正在那裡等著。回頭一看，姑娘們已經開始爲排隊的孩子們進行治療了。

那些用笛子和眞木玩耍的小女孩們，聚集在一起跟在後頭。明發現，原來這些蹦蹦跳跳的女孩子們是想讓自己知道她們已經可以不痛地走路了。

離開峽谷，山路變成了上山的狹小坡道。小女孩們在這裡追上眞木，把各自拿著的東西塞到眞木的短外套大口袋裡。當眞木想跟她們說什麼的時候，女孩子們發出羞怯的笑聲跑開了。

2

對眞木來說，上坡走路還是有點困難。三人組因而花了點時間才回到岩石頂上。在路上，無論是對眞木或是對朔，明都不發一語。

地上堆著新落下的石榴樹黃色的葉片，或許是累了，三人默默地在這背陰處的落葉堆上坐了下來。明想著那三位姑娘和其他小女孩今後的命運會如何呢？自己和哥哥、弟弟卻在這裡安全地避難。

聽到朔急忙跑來報告之後，自己就焦急了起來，首先想到的是要把眞木藏到安全的地方，因爲他一定很討厭快槍發出的巨大聲響。

「你認爲什麼時候還可再進行消毒治療呢？」明問朔。

「妳說什麼？快槍隊和逃散隊伍之間已經快打起來了！」朔反駁，但似乎又不想讓眞木擔心地，以稍微冷靜的語調說：

「不過，快槍隊一定也會小心翼翼前進，所以他們要到達山谷大約還需要一點時間。山谷裡的長老們正計畫讓這些逃難的人吃完飯後，在快槍隊來之前開始翻越山嶺。」

「女孩們怎麼辦？」

「這時候不都讓婦女、小孩、老人最先出發嗎？可是那些女孩的腳還不能立刻出發啊！她們的狀況遠比我想像的還要糟！」

明就像是在高聲喊叫。隨後她閉上了嘴，低頭看看自己的右手，用力搓著手指，根本沒法停下來。

「我要回醫療站去，去叫銘助來，請他停止讓孩子們移動。」

明說著就站起來，她察覺到自己已經不同於以往。以前每當這種時候，大多是抗議父親對母親插畫的要求太嚴苛，有時她也會把自己的腦袋往家具上撞。

「好吧！這樣的話，我就去一趟吧！」朔的臉如同緊握的拳頭一樣緊繃，他說：「眞木，你不可以離開明身邊……假如我一直沒回來的話，你就要說那句話：喂！三人組回去！哪怕只有兩人。那麼我就先離開。」

3

從下坡路看去，只見朔以驚人的速度向山下跑去，或許在越野競賽當中他也是這麼跑吧！明認爲朔也在爲那些傷了腳的女孩子們擔心。

冷靜下來之後，明回到眞木身邊坐下，從連身洋裝的小口袋裡拿出巧克力片，掰成三份，和眞木吃起來。兩人都把自己那份吃完之後，眞木盯著放在明膝蓋上的第三份。明說：

「這份等朔回來吃。」

「他該不會在那裡吃賑災飯吧？」眞木說。

明把屬於朔的巧克力掰成兩份，其中一份遞給眞木，可是眞木沒有接受。八成是爲了提神所以才說此有趣的話（他覺得從朔那裡聽到的賑災飯這詞很有趣），眞木注視著剩下的那份巧克力這麼說。

4

朔先去了連香樹廣場。廣場上明交代的那三位女孩還在爲人們腳上的傷口消毒治療。明進行治療時不能見到的大嬸和老奶奶也出現在隊伍裡。

看見朔之後，姑娘當中的一位把瓦楞紙箱中使用的噴嘴藥瓶送來讓朔查看。這位正是朔先前吩咐她要掩埋消毒藥瓶的姑娘。朔對她說要找銘助之後，不僅這位姑娘，更有十人主動來擔任領路的工作。大家把朔圍在中間沿著河邊大路往前走。

朔意識到身上穿著尼龍上衣、腳底穿著旅行鞋的自己，並沒有和銘助走在一起，而是正混雜在逃散的人群當中。他們這麼做是爲了保護衣著怪異的朔。

先前朔和銘助路過時曾經覆蓋著滿滿藺草蓆小屋的大路上，現在已經清理完畢，路上站著背負行李或是嬰兒的婦女和孩子們，另有一些孩子捧著碗吃東西。

來到橋頭，橋上擠滿了男人，人群從橋上一直延續到蓋有倉庫的那個廣場。帶路的幾位姑娘本想帶著朔穿過人群，但最後還是改變了想法，從橋頭的小路往河灘上走去。剩下的孩子們跑去找銘助，她們讓朔在可以環視河面的白色岩石上坐了下來。

5

銘助在兩名年輕人的陪同下走了過來。朔記得曾經在搭建醫療站的人群中見過這兩個小夥子。銘助把他們留在不遠處那些女孩的身邊，一個人朝朔坐著的岩石走來。

銘助顯現出疲憊的神情，看上去不像之前是個精神奕奕又快樂的少年，而是滿臉不高興的成年人。他以這副表情對朔問：

「怎麼還沒回岩頂上去？戰爭馬上就要開始了……」

「我們三人已經回到岩頂上了。可是姊姊說孩子們沒法用那樣的腳爬山……說是得讓銘助你知道，於是我就下山來了。」

銘助的臉眼看就要漲得通紅，似乎要對朔發作起來。隨即他便以朔難以跟上的速度說起話來，像是要把浮現在腦裡的話都說出來。

朔最先明白的話是銘助用了他也知道的比喻：「誰去爲貓兒掛上鈴鐺。」

朔覺得，現在沿著林中道路趕來的藩府快槍隊就是那貓兒。

幾千人的逃難隊伍，當然可以幹掉三十來人的快槍隊。話雖如此，對方也會用快槍射擊，將會有很多人被射殺吧！問題是現在該選哪些人去承擔這種危險、堅守在工事裡與快槍隊對峙的任務。

爲了解決這個難題，倉庫會議還在持續著……

在這過程中，銘助似乎也注意到朔在傾聽時的痛心模樣，便停下來，轉而眺望湍流的河水。

銘助再度把視線轉回朔身上時，已經換成與眞木和明說話時的語氣。

「就是這麼一回事。覺得這樣下去可不成。因此俺們正在想其他方法……

「可是說出來，大概長老們也不會贊成，在這種狀況下俺們有時就不說了。

「現在想想，如果用俺們的想法，儂家大姊或許會同意。俺們想這麼幹幹。」

此時，銘助恢復了那種專注而生動的表情。接著他開始敘述自己的計畫：

「等一會兒，俺們獨自一人……把那幾個也帶上（這時，朔意識到銘助所說俺們其實就是我的意思）下山到下游去。因爲俺們知道快槍隊要來這裡會怎麼走。

「假如遇上快槍隊，就告訴那隊長繼續往山上去，然後就會發生戰鬥吧！在山谷裡已經修了陣地，上面森林也藏了很多人，會扔石頭下來……

「這可不是謊言，是俺們正在準備的事情呢！俺們從來不說謊，說謊是當小偷的開始！

「然後就領著他們度過淺灘，到對岸翻越山嶺上山的道路。搶先到達高處，快槍隊不就可以先搭建陣地了嗎？逃難的人群沿著那條險路上山來時，就會遭到高處的狙擊。

「那麼快槍隊就可以一夫當關了嗎？那倒也未必。逃難的人有上千人之多，快槍隊總不可能帶上千發子彈。

「明白了這點，雙方應該就會開始考慮休戰吧！因爲被快槍隊搶先，得停下來，或許還進行談判，會請快槍隊隊長向藩府老爺請求寬恕之類的。

「可是現在雙方還沒有進行談判，就要開始打起來了！」

朔意識到，銘助的這番考慮已經是自己難以企及的複雜計畫。能夠想出這種計畫並準備實施的人，是具備了怎樣的勇氣和智慧啊！

遇上快槍隊時，也許會被射殺。同時，還有可能被逃散的人指責爲叛徒。可是銘助爲何可以毫不畏懼去實行呢？

在與朔談話的時候，銘助早已下定決心，準備前往下游地區，並將插在腰間的刀扔在岩石旁。

朔取出了自己非常珍愛的瑞士小刀。跟其中的科學原理比較起來，這構造複雜的小刀更有可能在技術上使得這個時代的科學產生混亂。但是，朔還是將小刀遞給了銘助。

6

接著，朔對銘助說：

「回到岩頂上後，我就告訴姊姊，孩子們不用翻山越嶺了。」

「假如一切順利，那就好了。」銘助露出久已不見的淘氣孩子笑臉，他說：「不論能不能做到，往後俺們應該會很忙，可能見不到你們，問你一件事情吧！

「你們爲什麼要在這時間來到這裡呢？」

於是，朔說起了奶奶所描繪的那幅山谷大事件圖。在諸多畫作裡，眞木最喜歡銘助領著柴犬站在岩頂上的那幅圖畫。而且，他還想到要去見見那條狗。（對眞木來說，牠叫培根……）

起了頭之後，朔就一口氣說出了眞木的殘疾和那個傳說。只要在千年老柯樹樹洞裡睡覺，就能讓自己從生活的時代來到希望到達的場所，並且能見到想看到的事物。

「千年老柯樹的傳說，俺們也聽說過，還去看過有樹洞的樹。狗也就是在那兒發現那棵大樹。雖說俺們不知道你們來自多久以後的未來時代，但這一段時間間隔卻被稱爲千年哪！

「你們所看到的那棵千年老柯樹，樹身從中間折斷了嗎？據說是被雷電打斷的。」

「並沒有折斷啊！不過，這種事情也有可能。往後還要經過很長的時間呢……」

銘助從坐著的岩石上突然站了起來，說道：

「要是能再多談談就好了……也希望跟你家大姊、大哥聊聊。但是俺們，已經沒有時間了！」

7

看到朔上山回到岩頂上來，明和眞木都高興得漲紅了臉。朔知道明不僅在擔心那些必須帶著腳傷翻山越嶺的孩子們，也同時擔心著自己。

眞木也由衷爲弟弟平安歸來感到開心。此外，還有一個讓他感到高興的原因，就是朔把培根也帶回來了！

銘助因爲有些立刻需要動手處理的工作，有些替獨自回到岩頂的朔擔心。

「俺們已經派出了偵察兵，估計快槍隊也在隊伍前安排了偵察兵。假如走從連香樹上山的路，在山下就會被看見了。

「還有一條從上游繞往岩頂的道路，就讓狗兒帶路吧！俺們只要一吹口哨，牠就會過河到這裡來。」

銘助把手指含在口中，發出讓朔大爲驚訝的巨大哨音。

「你家大哥如果想把這條狗帶走，那就帶走吧！能把這麼多藥一起帶過來，回去時帶上一條狗不也很容易嗎？

「……過來，狗兒！去帶路。培根！去山上岩頂有人的地方！」

8

朔追著狗，一面沿著陌生的道路往上走，一面傾聽著山腳下的動靜。只要沒聽到快槍的聲音，就表示勢態還沒有惡化。

朔告訴明，從山腳下到岩頂大約要花上一小時的時間，這段期間，銘助的計畫肯定進行得順利，孩子們不用翻山越嶺了。

明很想向朔問問銘助說過哪些話，儘管如此，朔還是沒有說出銘助表示可以把培根帶走。

就像平日般，眞木一邊做著其他的事情，同時隔著一段距離旁聽朔和明談話。現在，他正坐在站得直挺挺的培根身旁，摸著牠燃燒般紅褐色的背脊。

眞木觸摸著就像夏天一樣溫暖，像馬身體一樣柔軟的培根。

朔回想起自己返回岩頂時，明和眞木高興得漲紅了臉的情景。倘若照實轉告銘助所說的話，眞木一定會因此而更紅光滿面吧！

不過，三人組如果把培根帶回自己所在的時空，那麼銘助就只能自己獨自面對業已開始的艱困工作，就連狗兒也不在了……

在思考這些事情的朔身邊，明做了個深呼吸。朔發現明也正在思考重要的事情，而且她就要開口說出來了。

因爲朔的頭腦思考速度太快，習慣急於將問題說出來。因此，父親告訴他對於重大的問題或是感覺到危險，在說出來之前先做個深呼吸，如果深呼吸之後還想說出來，那就不妨開口。而先前的深呼吸，也可以爲即將說出的話語加強力量……

儘管實際上與朔不同，可是一貫謹言愼行的明在一旁聽了父親這番話之後，便也作爲自己的習慣。

「如果腳上有傷的孩子們不用再翻山越嶺的話，我當然是很高興。」明說：「數以千計的人逃散到這裡來，不也有著自己的目的嗎？」

「我也問過了銘助此事，也對中止逃散表示疑惑……

「銘助他這麼說：假如生活非常艱難，就一定會在幾年後再度舉事。不論是選擇逃散或是準備武器進行戰鬥的暴動。

「那時，俺們年歲也稍微大些，可以發揮更好的作用呢……」

「這兩天裡我想了很多次，銘助雖然跟我年紀相仿，卻已經是這樣老練了！」明說。

「……不過，情況不盡相同吧！」朔說。「大家都累了，這就回去吧？」

明沉默著，眞木也是。因此，朔只能和兩人一樣，在沉默中靜待。

過了一會兒，傳來就像最初來到這裡時聽到的海嘯聲般轟轟作響。側耳傾聽的眞木說：

「在這當中有孩子們的笑聲。」

在培根的引導下，朔一直跑到剛剛上山的林路上樹木扶疏的拐角處，明和眞木也隨後趕到。

從這裡往下望去，堆積著黃櫨果實的倉庫清晰可見。頭戴圓錐型黑帽，肩扛著快槍的武士們，在倉庫前排成一列橫隊。

從廣場周圍到橋面上，甚至河灘上都站滿了人，唯有廣場中央空出一塊地，村裡的長老和逃散人群的代表與頭戴圓錐帽顏色卻是金色，坎肩高聳，威風凜凜的武士正進行談判。

「銘助正在做著類似翻譯的工作。」明說。「談判如果順利的話，就會出現奶奶畫上的宴會場面。」

眞木在培根肩上拍了一下，狗兒便從漸漸暗下來的樹叢中往下跑去。目送牠遠去後，眞木回過頭來說：

「喂！三人組回去囉！」

在身體漂浮而起的感覺中，明覺得眞木似乎變得老練了起來。

第八章　石斑魚形的石笛

1

回家之後的三天裡，明一直無法下床。從柯樹樹洞裡往山下森林之家的路上，也是請牧叔叔背下山來。

這三天，只要醒來，明就一直思考著這件「有生以來第一次遇到的不可思議事情」。竟然前往一百二十年前的世界，並在那裡遇見了生氣蓬勃的孩子們（銘助也是生氣蓬勃的孩子臉）。

「儘管如此，更不可思議的是，」明想：「現在又回到了這一側的世界……」

朝姑姑代替無法做事的明，做好飯菜後送了過來。朔把自己和眞木的兩人份餐點放在餐廳桌上擺好，然後把另外一份送到二樓給明。

把那邊世界的狀況跟朝姑姑及牧叔叔報告的，也是朔。

第二天，朔慎重其事地守著從床上起身（緩慢、一點一點地）用餐的明，對她說：

「那些人啊！說是要耐心等待三人組能開口說出那邊的情況。他們說相信我們去過。我也打算全部據實以告，所以現在正在做著筆記。」

第三天傍晚時分，明下樓來到客廳裡，眞木讓她看魚形的石笛，這些石笛放置在客廳窗戶邊，已經堆成兩座小山。

「從醫療站撤退時，那些小女孩追上來，把藏在手心裡的東西塞到眞木口袋裡。是這樣得到的嗎？」

「音階高度正確的，很少。」

有絕對音感的眞木，把魚背上標註了鉛筆記號的笛子，整理到比較小的笛堆山那裡。

「裡面有降半音的C，還有Re、Mi、Fa，還有高半音的Fa！上面的Re……眞木，你可以像那些孩子一樣吹出音來嗎？」

眞木把被明弄亂的石笛重新排好，在每個石笛上吹出一個個音，串成了旋律。

這是眞木從養護學校初中部畢業時做的曲子，父親還曾爲這個曲子塡了詞。

「什麼？山谷裡早在一百二十年前就會唱〈畢業〉這首歌了！」

朔大聲地這麼說了之後，隨即發現自己上了當。

「這是想爲明吹出自己創作的曲子，才找出合適的音階連起來吧……」

回到這個世界之後，明第一次發出了笑聲。眞木也是一臉得意，惟有朔露出無可奈何的苦笑。

2

第二天，明和眞木陪同朔出外調查，以便弄清楚那個世界發生的事。根據朔的指南針判斷，順著由森林之家通往樹叢中的小路往上走，會走到通往北邊的上坡林道交會。再從那裡鑽過並走上古道，便可以直接通往千年老柯樹了。不過今天卻是要從林道往西下行，那裡通向已經鋪上柏油的寬敞國道。

從森林流降此處的河水，現在也是被鋼筋水泥所覆蓋，在距離國道很遠的前方鑽入地下。

儘管如此，那棵巨大的連香樹卻是建設醫療站的標誌。朔在牧叔叔的本地地圖上標上連香樹的位置。

潛入地下的河流，經由陶管從國道另外一側更低矮的地方流入另外一條河裡，後者的河岸早就變成高高的堤防。

「我們在那一側，見過河岸上生長著綿延不絕的矮竹叢，非常漂亮，可惜眼前……」明說。

「不過，我們也問過銘助，他說如果連續下雨的話，河岸上的道路就會坍塌無法通行。」朔說。

三人組向上游方向走去。

「就在底下占據很大一部分河面，四處延展開來的岩石上，人們就在那裡搭了長長的木板，當作逃散人群的廁所。」朔說。

「我跟牧叔叔說了這件事情，他就告訴我，聽說很久以前，人們曾經在河面上蓋過廁所，於是就有了河廁這個說法。牧叔叔還告訴我，也有一說是古代人很珍惜肥料，不會讓河水白白沖走浪費掉。」

有木欄杆的橋就是三人組也曾經走過的水泥橋。對岸堆著黃櫨果倉庫的廣場，現在則是展開到高坡處，變成一所中學。

在運動場邊緣與樹叢連接的地方，有一座講堂，從中傳出練習吹奏樂器的聲音。眞木正在側耳聽著，明和朔便停下腳步，等了一會兒。

3

明發現，已經到了該走回平行河流那條國道的時間，於是她問：

「我們前去那個世界時，最先抵達的地方是岩頂上吧！不論是銘助或是培根都是在那裡遇到的。而且下了山谷，也還是先回到岩頂上去，再考慮下一步的行動。那麼今天爲何不也去查查那座岩頂呢？」

「因爲那座岩石已經不在了。」朔氣憤地說道。

「你說，不在了……那麼確實存在過的地方不在了？」

「本來，我就想先在地圖上標出大岩石的所在地，所以昨天就先從森林之家往山谷去探險，還從河邊大道上抬頭尋找了一番。

「然而，卻怎麼也找不著那座大岩石，於是我就去問了朝姑姑。

「姑姑這麼說：『朔，在開入山谷的車裡，你不是說，啊！山崩了！那裡就是大岩石原來的所在地。』

「看得到對面吧？據說把大岩石炸了之後，開來了很多大卡車，把石頭全都運了出去。那些岩石是質地非常好的石頭，可以賣到很高的價格。現在不正是建築巔峰嗎？

「朝姑姑也說，她從孩提時代去大岩石邊玩的時候，就會從岩石裡挑選風化成爲魚形的石頭，然後挖洞做成笛子……就是這石斑魚形的石笛。」

「假如，銘助從他們那邊進入柯樹樹洞，不就可以來到我們這一邊了嗎？如果他們知道大岩石未來將會消失的話，不知道會有什麼感想？」

「一定會非常失望的！我不是說過嗎？如果乘坐時光機前往以前的時代，卻不能收拾長大後注定成爲惡人的孩子，那就『無意義』了。爲了這句話，還惹得眞木生氣了。」

「假如前往未來，發現自己的土地比現在更糟的話，時光機比『無意義』更加糟糕！」

朔和明都陷入沉默，等他們的交談告一段落，眞木在一旁小心地問：

「銘助來的時候會把培根帶來吧？」

4

在長著連香樹的林道入口，之前碰到過的中學生正聚集在那裡。

「午安！」眞木招呼著。

中學生們並沒有回應眞木的問候，反而哄地笑了起來。

三人組從國道往下走，與眞木年齡相仿的少年擋住了他們的去路。明只覺得這個高中生長得很像某人，卻沒有時間仔細深究。

少年以大人般強硬的口吻質問：

「你們在柯樹樹洞裡幹什麼？」

朔往前走到遠比自己高大的對手面前，在回答對方的問題之前先做了一個深呼吸。朔並不打算支吾其詞，他正在想如何回覆這個難以說明的問題。明認為少年也是認真地在等候答案。

然而，擠成一團的中學生裡有一個看似機伶的孩子卻在一旁搗蛋：

「你和姊姊在幹嘛？你家大哥和姊姊在幹嘛？」

那群中學生一起大笑了起來，與朔對峙的少年向那邊轉過身去，做出制止的姿勢。少年回過頭來，朔的臉龐早就如同緊握的拳頭般發青。少年噗哧一聲笑了出來。

朔揍了少年，少年立刻回擊了朔，同時發出比朔動手時更大的聲音。朔剛低下腦袋，便頂著少年的胸口往前推。對方踉蹌地後退，但隨後站穩腳跟。

兩人扭打成一團，互不相讓，朔一倒下，對方便把高大的身軀壓在朔身上，用雙手拽住他的腦袋。

朔試圖用空著的右手打少年的臉，但因爲少年把臉低埋在兩臂之間，拳頭只從少年頭上一掠而過。

被摁住頭的朔像是喘不過氣來，他張開自己的右手在地上摸索著。眞木便蹲下來把石笛遞過去。於是，朔便用這石笛砸少年的頭。

少年雙手離開朔的腦袋，摸摸自己的頭，一看到手上沾了血，就從朔身體左側翻滾下來。兩隻手抱著頭，像蝦子一樣蜷曲著靜靜躺在地上。

眞木拉起朔。眞木像兩人小時候一樣，伸出手臂挽著垂著的手上還拿著石笛的朔的肩膀，迅速離去。

5

朔隔著肩膀，瞥了眼跟在身後的明。朔有個不喜歡但常用的字眼「悲慘」。現在的臉就是那樣子。

明想，是因爲他用了石頭毆打了其他小孩。明一邊心疼朔，可是也對朔用石頭砸人感到很反感。

林間道路離開谷底之後，往杉林中延伸上去。走到某個高度時，傳來中學生爭吵的聲音。

朔的肩膀猛一震，停了下來。轉身往來路看去，目光中流露出可怕的神情。手上還握著沾血的石頭。

明挽起眞木的手臂，想往上坡走去，卻被哥哥用力甩開。

明只好一個人信步走開。她覺得比起跟朋友在一起進行社團活動，跟眞木在一起的時間應該更爲重要。那眞是「無意義」，她思索著。

6

中學生們並沒有追過來，三人組一起回到森林之家。但是，即使如此三個人還是各自看著不同的方向，也不開口說話。

朔一個人先回到了男生的房間。眞木留在客廳裡，靠在面向青櫟樹叢的窗子旁。

明則坐在餐廳的餐桌旁，兩手肘撐在桌上。

過了一會兒，明走到眞木身邊站著，說道：

「不聽FM節目嗎？或是來點CD音樂也行。」

可是，眞木卻看也不看CD播放器，開口說：

「朔戰鬥了！」

「用石頭打架很不好。」

「我也參加戰鬥了。」眞木反抗地說。

明沒有勇氣獨自待在二樓的寢室裡，她覺得一旦樓下只剩下眞木和朔兩人，可怕的事情就會一直發生。明想，所謂的束手無策，大概就是這樣的情況吧！

而朔正在苦惱著，希望能做點什麼爲自己犯下的事情負責。然而，卻沒有任何好方法，不論是這個世界或是自己眼前都是一片黑暗……

7

這時，這次是眞木跑來告訴明發現窗戶對面有東西（父親來森林之家或是發現培根的時候也一樣）。一看外頭，青櫟樹下站著一個頭上綁著繃帶的少年。

明跑到朔的寢室去，對著睡在雙層床上層的朔說：

「那個孩子來復仇了！」接著說：「去把玄關的鎖關起來，快藏起來！」

「我可不幹這種事！」朔回道，然後便很快地下床走出去。

眞木兩手捧著一些石笛，來到正在玄關繫帆布鞋鞋帶的朔身邊，蹲下身子問他：

「要哪一個？」

「哪個都不需要！」朔強硬地說。

然後把毛衣前襟拉開，對眞木露出紫色的傷痕，接著解釋：

「剛才是透不過氣來，多虧眞木你的幫忙，可是現在已經不需要了。」

明走向急於回到窗邊的眞木身旁，看到朔正在走近那位少年。頭上綁著繃帶的少年比朔還高上一個頭。聽不到聲音，但看樣子是兩人正在說話。

這時，少年向後面抬起手來招了招，通往林間的小路上跑出了一位小個子少年。

明生氣地想，二對一的戰鬥就要開始了，但三人只是靜靜地說話。不久，少年們伸出手來跟朔握了握，然後就退回青櫟樹叢中回去了。

回到客廳的朔，滿臉通紅地說：

「被我打傷的人叫做小新，正在上松山的私立高中。好像是被朝姑姑先緊急處理包紮了傷口。『總之』，還要去紅十字醫院檢查……

「另外一位是阿卡，本來是想逗大家開心，卻說出那樣的話，他非常後悔。」

「朔你也有好好道歉了吧！」明說。

「你們不像我手足無措，好好找到了解決的方法，我覺得很了不起。」

8

隔天早上，已經不用再送早餐來的朝姑姑，還是過來看看他們的樣子，首先對朔說受傷的新他的頭沒有事。

「可是，朔，暴力不管大小，都是人類最壞的惡行。不用說被暴力對待的一方非常辛苦，就連施暴的人也會很不好受。

「對了，孩子們之間已經說好了，可是由於學校還在放暑假，母親們要在公民會館裡召開協商會議，也要求我和牧叔叔去參加。」

「明，一塊去嗎？

「當地女人的脾氣，妳至少也知道一點吧！如果有人提出加害者的家屬是怎麼想的這種問題，妳做為三人組的一員，也可以回答……」

「朔和我進行了戰鬥。」眞木再度說。

9

阿新是唯一的高中生，因此在同夥裡非常顯眼。他的母親從寬大的肩膀上伸出長長的頸子說話的模樣，在人群中同樣引人注目。

「我已經知道這次的事情在阿朝的照顧下，目前沒有事情。我家阿新也說，自己和同伴也有不對的地方。阿卡他媽，這樣說可以嗎？

「不過，會惹出這樣的事情，不也應該檢討一下根本的原因嗎？

「現在由於電視發達，我們當地的孩子，不可能因爲對方是從大都市來的小孩就感興趣。

「話說如此，可是要是對方作出什麼古怪的舉動，當地孩子還是會注意的。

「包括這女孩子在內的三個孩子，待在樹林深處的樹洞裡過夜，這難道只是普通的事情嗎？

「要問他們在幹嘛，還不如說會想到他們像是糟糕的成年人那樣幹些令人羞於啓齒的事。

「而且，沒人去做這些令人起疑的事情，也就不會有人發問，更不會有人問了就惱羞成怒動手打人這種事情。

「我認爲，那個建議這些從東京來的孩子們去樹洞睡覺的成年人，才是最壞的人！他爲什麼要幹這種事情呢？

「十年前不是發生了同樣的事情，遭到村子及學校的批評嗎？難道那個人這次幹了同樣的事情嗎？

「那個人當時不是表示『發生這種事情是我的不對』承擔了一切責任嗎？爲什麼這次又幹下了同樣的事情呢？」

10

由於朔傷人（特別是拿石頭砸人）未被提及，讓明感覺輕鬆了點。但是，協助三人組的牧叔叔卻因此遭受了非難。其他人又怎麼說呢？

就在阿新的母親發言時，坐在她身邊的那個人不斷地點頭，無論是她小巧的身材還是機伶的感覺都跟在青櫟樹叢中加入談話的阿卡很相似。但是，當阿新的母親說完，大家都沉默不語，沒有人接著發言。

兩位更年輕的女性坐在遠離母親們的位置上，彷彿早就看透了這一切，其中抱著嬰兒的那位問：

「我要說的話跟這件事情沒有直接的關係，可以讓我說說嗎？」

「我覺得可以。」朝姑姑說。

那人把嬰兒遞給身旁的姑娘後，站起來說：

「我是住在林子深處的人，今天到在谷裡診所當護士的妹妹這裡來。

「從妹妹那裡聽說，有一個與牧老師有關的協商會議，就一大早上路趕到這裡來。十年前，我和妹妹也曾在谷中租房子住，在這裡上中學，母親因病就住在診所裡。

「話說到這，大家想起來了嗎？

「當年請求牧老師允許在柯樹樹洞裡睡覺的正是我們兩人，而老師則用登山睡袋睡在樹洞外頭。

「從第二天起，無論是在學校或是在河邊的大道上，都會被人叫住，問我們在樹洞裡見到了什麼。即使告訴對方：『沒有遇到任何事情，』大家是不會相信的。其他的小孩和大人只是一次又一次地問：『爲什麼深夜要去樹洞裡？』

「漸漸地，我開始沉默，即使牧老師因此被迫離開學校，我仍舊沉默不語。直到今天的這十年裡，我一直保持沉默。

「這次，牧老師的事情再度成爲街頭巷議的傳聞，聽妹妹說起有這麼一個協商會，我決定不再保持沉默。

「在課堂上告訴我有柯樹樹洞傳說的是牧老師。聽了這個傳說之後，我也希望像童子一樣前往另外一個世界。

「雖說是另外一個世界，但我想去的就是我們村子裡分校的運動場，我想去確認從母親那裡聽來的話，我想前往自己還沒出生、戰爭還在持續的那段時間，想親眼看看被帶到村子裡來的那些孩子們。

「牧老師與我們相約，讓我和妹妹去驗證這個傳說。並爲了保證我們的安全，牧老師先去樹洞進行了勘查，一直查到樹洞最深處，卻被牧鼠咬傷了手指，後來才有牧老師這個外號。」

由於一旁傳來了「那可與眼前事情無關」的喊叫聲，中斷了一下，隨後她又繼續說下去：

「牧老師上去轟趕牧鼠，爲了不讓牠們再回來還塞住了樹上小洞，以便讓我和妹妹可以在柯樹樹洞裡睡覺。

「現在，從東京來這裡過暑假的孩子們如果也想進行這個體驗，那麼他們一定有這麼做的理由。」

明像是在教室裡一樣，舉起了手來說：

「正是如此！」

11

協商會議結束之後，朝姑姑和牧叔叔以及阿新的母親站著交談起來，此時，明看著貼在走廊牆壁上的孩子們所畫的圖。其中也有畫著銘助的圖畫（他正站在暴動農民的最前頭，雖然還沒有長大成人，卻也有一種威嚴）。

這時，抱著嬰兒的年輕母親走過來。

「謝謝！」明說。

「不用客氣，是我該謝謝妳。」

由正面看去，年輕母親與那位圓臉龐面頰上泛著紅暈，接替她在醫療站消毒工作的姑娘倒有幾分相似。她還想說些什麼，卻因爲現在沒有時間而露出了打消念頭的笑容。

明想著，此人十年前無法讓一樣是孩子的同伴們及大人們相信自己，從此便沉默不語。而她其實也正爲了保持沉默而苦惱。

於是，她今天下定決心說出一切。所謂的「果敢」應該就是說這種人吧……

第九章　遠離戰爭的森林深處

1

就在牧叔叔管理的森林之家所居住的獨立小屋裡，舉行了一場午餐會。

朔被成爲朋友的新及阿卡邀請去森林古道探險，明和眞木也一起參加。朝姑姑和今天早上在協商會議上發言的年輕母親繁子也帶著妹妹一起前來，因此小屋後的陽台上人很多。

牧叔叔忙著用石窯燒烤披薩。休息的時候，也因爲菸味對繁子抱著的嬰兒不好，因此坐在大栗子樹下的椅子上抽菸，聽著陽台上的對話。

「繁子小姐們在柯樹樹洞裡過夜時，作了什麼夢呢？」

朝姑姑這麼發問，繁子卻沉默了。

明想：「這眞是一個很習慣沉默的人啊！」

妹妹眼神嘴角都使了力般要鼓勵繁子。

然後，繁子以看似悲傷的神情平靜說起：

「我跟妹妹兩人都作了一樣的夢。雖然就好像是我們親眼看到一樣的景象，張開眼睛之後卻無法用語言表達。」

明想起第一次搭時光機的時候自己也是這樣。

「後來，我不斷回想，就漸漸想起細節來，像是雪地裡穿著舊毛毯外套的男孩們、狗等等。

「……現在，知道眞的是可以到達自己想去的場所和時間。」

「妳仔細想過之後有跟牧叔叔說過嗎？」

「很難遇到已經辭去學校工作的老師……就算聽說他已經回到這裡，也因爲對老師做過很不好的事情，覺得萬分抱歉……這還是第一次跟妹妹以外的人說起這件事情。」

2

明對繁子說：「我們三人組進去樹洞的時候，曾經商量要去什麼時間、什麼地方。

「我們有張奶奶給的圖畫，是描寫這土地以前發生過的事情……當中有一張圖哥哥十分喜歡，我們想就先到那裡去吧！」

「去成了嗎？」

「去成了！到了一百二十年前的過去，到達可以看到山谷裡的大岩石上……

「也看到了哥哥很想遇到的那條狗。」

「銘助帶著培根。」眞木說。

「我從分校轉到這裡的中學就讀時，那塊大岩石還在。男學生們會在竹竿上套上繩圈，去那裡套石榴。

「我聽牧老師說過銘助的事情，卻沒聽過狗的名字……」

「因爲名字是我取的啊！」眞木得意地說，大家都笑起來了。

然後繁子繼續說下去：

「牧老師跟我們說柯樹樹洞的傳說時，我想去看的也是母親曾經談過的地方。

「她跟我說起，戰爭結束時，自己住的地方所發生的一些事……」

3

一直看著繁子的朝姑姑，這麼說：

「妳們的媽媽，在我還是小學生的時候……戰爭中是叫國民中學……應該是妳們村裡分校的學生。本校是位在森林東邊的出口，分校離我們村子比較近。那時我是山谷裡的孩子，也曾經聽說過森林深處村子裡發生的事情。

「在戰爭結束的那年年初，妳們的母親和村裡所有人一起離開了村子，妳指的是這件事情吧！」

「是的。」

「牧叔叔，你也知道這件事情嗎？」

「現在知道了，不過十年前還沒聽說過。因此即使那時繁子跟我提起想要去看什麼，我也完全不懂。」

「後來我聽說了那件事情，就和本地年輕人一起做了調查。

「如果要跟明你們說明的話，那是發生在比『逃散事件』更晚近的時代了。距今約四十年前的事情。就發生在從這裡出發，往森林深處走約兩小時的地方。

「儘管如此，現在也沒有多少人知道此事。大概是因為出事的村子裡的大人們並不想張揚出去吧！似乎是想早點把這一切都給忘了。

「但是繁子的母親卻對還是孩子的她們照實說了。所以，繁子她們才會想去看看出事的現場。」

然後朝姑姑，對明和眞木說：

「進入柯樹樹洞的小孩子，誠心祈禱著要去的地方，願望就會實現……

「這是我最喜歡這個傳說的地方。誠心祈禱相當重要。

「雖然小孩子也會有跟大人競爭的情況產生，但是往往卻沒有戰勝大人的信心吧？

「不過誠心祈禱這件事情，小孩子確實比大人還要優秀。

「只要你還是個孩子就可以完全運用這種能力！」

4

蓋上烘烤披薩的石窯蓋之後，牧叔叔來到陽台上。由於椅子不夠多，他將身子靠在一根伸展得很好的栗樹枝幹上。

「就跟阿朝所說的一樣，我認爲小孩子誠心的祈禱非常具有力量。」他說。

「我雖然課堂上說了柯樹樹洞的傳說，自己卻不太相信。但是下課後，繁子跟還是小學生的妹妹一起來拜託我，說要去柯樹樹洞睡覺。」

繁子的妹妹點點頭。

「我想了想。這些孩子們，心裡一直想著要去另外一邊的世界。這樣的事情並不是完全不可能……

「因此，當我離開學校時，根本沒去確認過繁子她們是否眞的看到了想看的事情。

「往來奔走於歐洲農村的時候，我經常想起的就是那些孩子打心底誠心祈禱這件事情……

「當聽說眞木獨自住進柯樹樹洞時，我就想那個傳說竟然是眞的。

「小明，這次我想認眞聽聽從另外一側回來的孩子們報告。」

5

明希望自己不要被認爲是在閃避問題，所以直視著牧叔叔說：

「三人組經歷了怎樣的體驗，我想弟弟比我可以說得更清楚。而且，朔也開始實地勘查森林和山谷……

「我想請繁子姊妹說說她們進入柯樹樹洞裡所作的夢。

「不管是朝姑姑或是牧叔叔都相信我們搭乘夢的時光機，到達了一百二十年前。

但是，我和弟弟並不是心裡祈禱著要看到『逃散』時期來到山谷裡的人們。而是眞木有著要來看培根的心情……

「我待在另外一邊時，一直覺得很害怕，想跑回來。所以在柯樹樹洞裡醒來，發現自己已經回來時，眞的是很開心。

「而現在，不論是我還是弟弟……連眞木也是這麼想……很想再出發去進行新的旅行。那麼，想請繁子小姐們說說，一心祈禱想要去另外一側時發生的事情。」

「我也想聊聊。」朝姑姑說。

「而我知道的事情，或許可以補充繁子姊妹們所說的內容。」

6

繁子開始說起。

敘述過程當中，每當察覺不太充分時，便停下來看著妹妹，等她補充不足的地方。

兩人在這十年間，沒有人聽她們說過，因此才以這種形式繼續說下去吧，明想著。

「我們兩個雖然是孩子，從很小的時候起就知道村子裡發生過很可怕的事情。並不是聽了誰說，而是無意間就知道了。終於有一天，我們要求母親跟我們說那件事。

「那時，戰爭已經持續了很長的時間。聽說戰爭快要結束的那年年初（當時母親認爲戰爭會永遠持續下去），有十幾個孩子從城裡被送到森林深處的村子裡。」

繁子的妹妹接著說：

「是疏散到村子裡。當大阪或是神戶即將遭受空襲，就會有一些人逃到此處。聽說人們把這叫做疏散，尤其是孩子們……

「不過，據說送到我們村子裡的，都是幹了壞事進了教養院的孩子。當時連同教養院都一起疏散到我們村子裡。

「那些孩子剛來不久，村裡的道路上便出現了死掉的老鼠、鼹鼠等等，連黃鼠狼的屍體都有。接著，就是家畜……終於，連人都開始死掉。

「人們說是疏散到這裡來的孩子們帶來了傳染病，很快這個謠言就散布開來。村子裡當時沒有診所，村人也不知道那是什麼傳染病，便都全部離開村子，只留下那些被疏散到這裡的孩子。也留通告給那些被送進教養院的孩子，告訴他們不可以隨意走動。

「村子裡只剩下那些孩子。可是，那些孩子如何生活？母親卻沒有告訴我們。

「然後母親就病倒了，於是需要住進診所的母親以及我和妹妹就搬到谷裡來。接著就在課堂上聽到了那個古老的傳說。

「我和妹妹談過之後，就去跟牧老師說讓我們睡在柯樹樹洞裡。

「事情發生在戰爭結束的那年，我都還沒有出生。不過我希望可以前往當年二月的村子裡。

「我想看看那些不知道哪來的孩子們怎麼獨自生活。就這樣祈禱著，跟妹妹一起在柯樹樹洞裡睡著了。醒來之後，已經在白雪覆蓋的村子裡了。」

7

「但是我和妹妹看到的景象卻很簡單。」繁子說。「現在連小孩都會用拋棄式相機拍很多照片。我們那時候，去遠足的時候，自己只會拍一兩張照片。之後再看著照片，回憶當時的情況。我們在柯樹樹洞裡睡著後看到的景象，就跟剛剛說的一樣。

「不管是森林、路上或是屋子上都覆蓋了皚皚白雪，當中有十四、五個孩子。全部都是男孩子，穿著同樣的服裝。在分校的操場上，坐成圓圈。

「仔細看，孩子們各自拎了一些小鳥，其中一個比其他人小的孩子，懷裡抱著一隻野雞。那隻野雞紅紅的臉頰、深綠色的胸脯，長長的尾巴垂掛到雪地上。狗兒在一旁守護著小孩和野雞。」

「孩子們好像都很高興，我和妹妹爲了不讓對方發現，就藏在分校入口處種有松竹和正綻放著梅花的樹叢中。

「這時狗兒發現了我們……隨即跑過來，我和妹妹害怕起來，擔心被男孩子們發現，就在內心祈禱回到原來的地方。

「當我們恢復意識之後，已經在柯樹樹洞裡抱在一起哭泣。我們所能回想起來的，也就只有這些。」

8

明想到將三人組送回來時眞木所說的那句話，總覺得那是夢的時光機咒語。對眞木而言，很多普通的事情他無法做到，然而，有時他也會知道些不可思議的事情……

其實，他只是將三人組內心期盼回到這一側的心情，隨口說了出來而已。

明覺得，繁子姊妹所說的事情完全是眞實的。

9

接著發言的是朝姑姑，她的想法與明大致上相同。

「戰爭結束那年，我已經八歲了，至今仍記得森林深處那個謠言。說是爆發了傳染病，所以流經那裡的水不能飲用。

「那村裡的人，來到谷裡避了一星期還是十天，村長一家人就住在我家裡。

「和我一起玩的女孩子說：有一個生了病的孩子，說是已經沒有救了，就被人遺棄在泥灰牆倉庫裡。還說這是不能跟別人提起的祕密……

「事後，搬回村裡的村長，再度下山來到我們家，把派出所巡警也請到酒席上。說是在全村外出避難的期間，不得離開分校的孩子們，幹了壞事。其中一個人從村子裡逃了出去，希望能通緝他之類的。

「我母親——也就是明他們的祖母——當時正在招呼這些客人，就打聽那些孩子究竟幹了什麼？

「結果，村長生氣地說，他們任意闖入空屋，偷吃收藏在屋裡的食物。母親就接話，如果只是把孩子們留下來，他們找出什麼就吃什麼不是很正常嗎？」

10

牧叔叔說了起來：

「在當地傳說中，千年老柯樹的傳說和銘助解決逃散問題的故事都廣爲流傳。戰敗那年爆發傳染病的事件也成了新的傳說。

「不管是深林裡的村子或是山谷，後來都被鄰鎮合併了，還編寫了新的鎮史。可是並沒有把爆發傳染病而外出避難的事情寫進去。連同教養院一起疏散來此的孩子們被遺棄的內容，也沒有出現。

「可是，只要詢問上了年紀的老人家，對方就會說，那些外來的孩子們在落下第一場大雪的林子裡捉小鳥，還舉行祭拜的儀式。

「當繁子提出想要進入柯樹樹洞裡時，我以爲她們只是想試試這個古老的傳說是否靈驗，因此答應了。

「沒想到，繁子她們的目的是去看看一直讓她們很在意的新傳說。」

「在不知名的村子裡，只有孩子被禁閉起來，試想有多麼痛苦啊，所以一直擔心那些孩子的事情。即使能前往該處，也只是看一眼，無法為他們做任何事……」

「遭到遺棄的孩子們，都還很有精神。親眼看到了，光是這件事情不也很棒嗎？」

朝姑姑說。

「對兩個小女孩來說，這眞的已經是件很棒的事！」

第十章　人生的計畫

1

朔與阿新他們沿著古道走入森林中探險，回來已經很晚了，明熱了牧叔叔送的披薩餅，整天跟男生們一起活動的朔，狼吞虎嚥地吃著。

明心想，這個夏天，朔都待在森林之家，和眞木還有我在一起，或許他會覺得無聊吧！

總不能一輩子都是三人組一起過日子……但是，我和眞木會好好守護這個團隊。

「妳在想事情嗎？」

朔問了起來。

「想了一點關於『人生的計畫』的事。」明回他。

「就算看到爸媽我也是會想，」朔把正經事和開玩笑，像是彩色玻璃珠紋路般混在一起，「我們家族，都是女生在擔任思考人生的任務。」

「從森林區來的女人眞是了不起，也去體驗了柯樹樹洞。」

「在併村之前是叫做根城村的地方。我從阿新那裡聽說了不少事情。今天下午就是去那裡再回來。

「阿新剛說了地名，阿卡就嘲笑說那是個盜賊的老窩。我就說根城，就是勢力中心之城，也就是說那裡是根據地。因此，就算是往壞的意思解釋，指的應該是BASE CAMP……

「阿新很佩服哩！」

看到朔這麼得意洋洋，明覺得很奇怪。父親說在遇到古老的語言或是新語詞、或是外文時，應該要先求證比較好。朔應該是會遵守這點才是。

「五百年前戰國時代在這附近，小城主會互相爭奪權力。當中也有很強的城主，就建城在後來的根城村。如果看了地形就會知道爲什麼會強大了。

「阿新想要保護那個居民越來越少的村子。所以就除草整修道路，開始了志工活動。『暫時』會去上大學，然後還要回來這裡工作。這可是『人生的計畫』呢！

「所以，他很喜歡BASE CAMP這個詞。」

2

「阿新沒有問在夢的時光機看到什麼了嗎？」

「阿卡問可不可以到『近未來』去看看呢？」

「爲什麼是『近』未來呢？」

「像是在科幻電影中，不是常有人去了近未來，讀了報紙的賽馬欄嗎？阿卡想爲根城的計畫存一大筆錢。

「阿新聽了還很生氣，說我們要老老實實地打根基。」

「難道夢的時光機這說法，阿新不喜歡嗎？」

「我也有這種感覺，」朔回道：「今後說話還要更謹愼。」

「從根城過來的人，只有叫繁子的年輕母親。就是那位國中時候，給牧叔叔教過的學生，後來到柯樹樹洞去過夜，成了傳說中的主角……」

「本來在這片土地上，小孩子到柯樹樹洞裡過夜睡覺，就被認爲是很危險的。不是一般小孩子會做的事情。那位繁子小姐也是從其他村子來的小孩子嗎？

「像我們是從東京來，三人組也不是一般的小孩，組裡有眞木呢！」

眞木一邊聽著FM廣播音樂，一邊注意著明和朔的對話，卻什麼都沒說。

「……如果不是這樣的話，是不會聽到那個有趣的傳說，就跑去柯樹樹洞裡過夜吧！」

3

明繼續聊到繁子跟妹妹兩人去樹洞裡睡著時看到的景象。今天讓人驚訝的是，朔竟然知道被遺棄在根城的疏散到此地的兒童所發生的事情。

阿新跟阿卡把同伴們都集合起來去拜訪還留在根城的人家，主要是去幫助上了年紀的人。這時候聽說老爺爺、老奶奶說了以前及戰爭時候發生的事情。

「就是繁子姊妹們所看到的，大雪覆蓋的分校操場上發生的事情。」朔說：「在根城，下大雪的隔天清晨，他們在樹林裡捕捉了很多小鳥。還學會用棕櫚樹纖維製作繩圈的方法。至於年紀最小的孩子懷裡抱的野雞，卻好像不是這麼一回事……」

「因爲把培根帶去了。」眞木用力地說。

朔愣了一下，但還是繼續往下說：

「進入根城，走到懸吊在深谷上的橋面上時，我聽說了那個最小孩子的事情。

「疏散到這裡來的，聽說都是做了壞事被送到教養院裡收容的孩子。不過，那個孩子是因爲家裡只剩下他和哥哥，就隨同疏散的隊伍一起來到這裡。村人不在的時候，這孩子已經掉到水位升高的河裡淹死了。

「回到村裡的大人發了很大的火，說他們任意住在村子的屋子裡睡覺，找出儲藏的玉米和番薯來……偷吃掉……

「聽說他們在第一場雪之後的早晨，烤了抓來的小鳥，舉行了慶祝活動。因爲要做這件事情，所以少年們才在操場上集合吧！

「聽了這件事情，村長特別生氣。」

「爲什麼要生氣呢？慶典是村子很需要的活動吧？」

「阿新也是這麼問回憶這段往事的老奶奶，得到的回答是，村長認爲這種事情眞是太囂張了！」

眞木雖然比較克制，卻還是拍了一下裝有ＣＤ的木箱。

「好討厭的說法！」明也這麼說。

「他們把少年們都監禁起來，在河裡死掉的小孩的哥哥，聽說起身反抗就逃到森林裡了。

「另外，我從阿卡那裡聽到別的事情。這個小孩養了一條在森林裡發現的狗……搞不好就是眞木說的是培根的祖先……他跟這條狗從柯樹樹洞裡跑去另外一邊的世界裡了。

「在這麼危險的地方，小孩子不可以進去玩——這就是後來這條警告的由來。」

眞木好像陷入了沉思。

「眞木，我們也去根城看看吧！」明說：「說不定可以聽繫子再多說點狗的事情……」

4

在這週裡，三人組外出去了森林深處的根城地區。

借住在山谷診療所工作的妹妹房裡的繁子，要帶著小孩回家去了。朝姑姑原本就要開車送她回去，所以也帶上沒法走長距離的眞木一起隨行。

明跟朔則是走路去。開車走林間道路的話只花二十分鐘就到了，但是他們走的是阿新指點的古道，需要花上三小時。兩人算了算，按照需要的時間早點出發。

「逃散事件後的第三年，發生了農民暴動，就是從這個村子開始的。聽說銘助指揮的那支隊伍，就是沿這條古道下山。」

離開林間道路，走入這條向陽山路時，朔對有點害怕的明解釋。

「銘助是住在根城的人嗎？」

「計畫發動農民暴動，最先只有這小隊的人出發。地點就是在根城，銘助應該是有BASE CAMP的概念。」

明把話題拉回那些疏散到此處，經歷集體生活的兒童身上。

「我實在不太明白生氣的村長說的那句話，太『囂張』是吧？」

朔從口袋裡掏出字典，查看看日文是什麼意思，英文又是哪個字（經過媽媽改造，弟弟的衣服口袋裡全部可以放進去兩三本小型字典）。一邊行走一邊很利索地翻閱辭典，這是朔的風格。而因爲踩到露出紅土表面的石頭險些跌倒，也很像朔的風格。

「狂妄自大、逞強，還有英文的impatient以及cheek，好像都有狂妄自大和厚顏無恥的意思。是說小孩子做了原本應該由大人做的重要事情，才讓大人這麼生氣。」

「可是大人都從村子裡逃了出去，也是無可奈何的事情？」明終於受不了發起火來。「朔，聽到『很囂張』這種話，眞木雖然不太明白字面上的意思，也覺得很討厭。人們爲什麼要創造這種討厭的詞呢……」

「用這些語詞把討厭的事情理清楚，然後讓自己可以遠離吧！」

想了一會兒之後，明很佩服地說：

「原來是這樣，理清楚之後可以遠離啊！」

5

明和朔在枝幹蒼勁高大的闊葉樹樹林裡走了很長一段時間，很快地突然明亮了起來，原來是走到木材堆積的某個廣場上了。這裡是林間道路的終點，前方就是一大片樟葉覆蓋著的山谷。

朝姑姑和眞木已經站在停在橋頭的車子旁，繁子和前來迎接的男人正在車尾行李廂卸下行李。

「現在我可清楚眞木爲什麼想搭車來。」朝姑姑笑著說：「他想聽聽繁子說在分校看到的那條狗。」

「我不了解狗的種類，只知道那條狗的腦袋後面到背脊的地方是一片類似紅色的茶色。」聽到繁子這麼說，眞木心滿意足地點點頭。

男人把幾個袋子放在類似以細繩固定的木製背架上，背了起來，然後接過嬰兒，走上用鋼纜吊著的橋面。

繁子站在前面，她現在變成了引導大家參觀根城的導遊。當一行人走到長長的吊橋中間時，繁子告訴大家直到戰爭結束後過了很長一段時間，河面上還沒有鋪設鐵軌，不論是人或是貨物，都得靠礦車來運送。

那年，村裡人害怕傳染病遷村外逃時，還在軌道上放了路障，使得疏散到此地的孩子們無法逃出去……

「我記得這橋剛蓋好的時候，你們的爸爸還因為寫了紀念大橋的作文獲得了獎品。」朝姑姑用爽朗的聲音對因爲聽到繁子的話而心情低落的三人組說。

「你們知道爸爸在小時候曾經買過《騎鵝歷險記》，而且廢寢忘食閱讀的事吧！那篇作文裡，寫到了葛林敏古堡裡的黑色家鼠和褐色家鼠之間的戰鬥。

「你們爸爸的那篇作文內容是這樣——大橋剛剛建好，村裡的老鼠是否會全部衝過河去，把根城的老鼠全部殺掉呢？他很擔心。」

明和朔都笑出來了，但是繁子小姐卻一臉悲傷靜靜地說：

「山谷對面的林間道路造得很氣派，但是卻沒有造可以給車輛渡河的橋。說是因爲這個地方住的人太少了，但是如果可以使用車輛進出的話，住民或許願意回來。」

這次換朝姑姑不發一言。

就在橋頭處，阿新和阿卡站在那裡。朔舉起手來打招呼。明很緊張。眞木卻自己直接走近阿新表示歉意：

「我把石笛遞了過去，覺得很不好意思。你的頭還好嗎？」

「……還可以。我們也是，說了不好的話……」

聽了阿新的回覆，明覺得很有好感。不會對於智能障礙者過分莊重，也不會太過輕佻的說法。阿卡臉都有點紅了，裝成吹口哨的樣子轉向一旁。

朝姑姑剛要介紹這兩人，繁子就開口說：

「我知道這些孩子們是來根城義務幫忙的，同時也調查戰爭期間發生的事情……我已經決定不再沉默了。」

6

仍舊是一片闊葉樹林，這一帶卻集中了各種類的樹。剛剛一走出明亮的樹林，根城的村子便在眼前伸展開來。大多是雜草叢生的水田和旱田，也有一些種得很好的旱田，還可以看到茅草屋頂的農家。在一座石牆圍起來的庭院裡，搬運繁子行李的男人正在招手。

平滑的黑石子鋪成的道路兩旁，像是商店般的房子左右相連，只是所有的玻璃門都關上了，門簾也早已被陽光曬得褪了色，到處都是沒有生氣的樣子，卻又是很整潔的村子……

明意識到阿新他們的志工工作，正是爲了眼前的一切。唯有孩子們能夠如此投入勞動，一如被遺棄在此地，疏散到此的孩子們所辦的慶典活動一樣。兩者都不是什麼「囂張」的舉動……

明以一種全新的心態打量走在一塊的阿新和阿卡。

7

繁子小姐帶著大家去的地方就是早已廢棄的分校。鋪石道路開始以扇形往前延伸的水泥坡，登上去之後，是一片種著松、竹、梅的圓形樹叢。

「我和妹妹就藏在這裡看著操場。」繁子說。

操場上一片雪白，非常乾燥，看不到一片垃圾。從正面看過去，是原本漆成白色現在已經變灰的木造教室。後方高處，則是被旱田包圍的農舍，和來時路上所見到的農舍一樣。

前院有一座白色牆壁的建築。

「村裡人一回來，就把疏散來的兒童全都關在那座倉庫裡。」阿新說。

大家沉默下來，走在陽光下的操場上，由於非常熱，就走進了校舍的陰涼處。明決定走上橫排教室前面的走廊裡休息一下。她看著環繞操場的紫杉樹籬和對面的家家戶戶，低矮小山上那片晴朗的天空。是如此恬靜、美麗的地方……再覆上白雪就顯得寂靜了……

「你們有聽到媽媽說，她正在做什麼計畫嗎？」朝姑姑問阿新。

「到了冬天，我們也想來這裡生活一個星期。」

「那麼，不如我們也去柯樹樹洞吧，到戰爭結束的那年，下初雪的那天，不是更好嗎？」阿卡說：「可是阿新的媽媽極力反對，我媽也是……」

「我同意你們母親的意見。」朝姑姑說：「如果想要了解沒被一同帶走的疏散兒童感受，阿新的計畫已經很足夠了。至於想知道他們的模樣，繁子不是已經告訴我們了嗎？」

8

朝姑姑說完停了下來，接著又開了另外一個話題：「其實就連我也常想，如果可以去搭乘夢的時光機的話……

「在戰爭結束的那年夏天，廣島和長崎分別落下了原子彈。繁子說的山谷診所的老先生，他的兒子和媳婦就是在廣島遇到這顆原子彈。孫女因爲戰爭，而被動員到工廠裡義務勞動，沒有人知道她情況如何。於是老先生就親自前往燒成一片焦土的廣島去尋找孫女。

「說來也眞是奇蹟，老先生竟然眞的找到自己的孫女，用漁船送回四國來。然而那孩子全身都灼傷，診所裡的藥品不足以治療。

「老先生就到我家來，求我祖母製作村子裡古代流傳下來的灼傷藥。於是，母親就帶著我們幾個孩子來採藥草，讓祖母放在鍋裡熬煮。我的任務是製成藥後送到診所裡去。

「有一天，我又去送藥時，那女孩子穿著牽牛花圖案的浴衣，從臉部到脖子還有雙手都包裹著繃帶，坐在藤製的搖椅上。

「我只對她說了妳好，那女孩就非常可愛地對我側了一下包裹著繃帶的頭……由於爆炸時她纏著防空頭巾，所以躲過了原子彈爆炸時的熱浪，但是輻射造成的傷害，讓她沒有半根頭髮……

「那天晚上，醫生的太太過來說，女孩子很喜歡讀書的聲音，希望我讀書給她聽。

「我跟哥哥借了《騎鵝歷險記》練習出聲朗讀。沒想到隔壁借住的女老師說，這麼重的口音，廣島的女學生聽不懂的。

「隔天，診所的醫生來接我，然而我卻拒絕了。請忍耐一下！請忍耐一下！我還不會朗讀。將來等我長大了，我要當護士！請忍耐一下！當時我這麼哭喊著……」

9

「假如能夠從柯樹樹洞裡回到那個夏季的村裡，我很想知道老先生是否把我的話傳達給女孩子……」

大家又再度靜默下來。眞木因爲姑姑用村裡女孩的聲音說話，嚇了一跳。明則是回想起無法幫助那些逃散人群時的絕望感。

這時，似乎是在凝視操場的朔發問：

「診所老先生是否把話轉告那女孩，是指姑姑想當護士，是吧？

「如果朝姑姑沒能當上護士，即使老先生說了，也是『無意義』的。可是直到退休爲止，朝姑姑一直在從事護士護理的工作。

「如果老先生能據實轉達，那是最好不過。就算情況並非如此，我覺得朝姑姑也沒有任何需要後悔的地方。

「父親經常告訴我們，孩子擁有想像力。之前我一直懷疑，單憑空想又能有什麼用呢？

「然而，在柯樹樹洞裡經歷了不可思議的旅行之後，我再想想父親的話或許很有道理……

「雖然還不能從科學的角度來解釋，但不管眞木或是明甚至是我，都體驗了相同的經歷，這不正說明孩子們擁有想像力嗎？

「我覺得診所裡的那女孩子可以想像到朝姑姑成爲護士，做著護理工作。」

朝姑姑臉紅轉過頭去，直視著朔，然後隔著眞木和明的肩膀，拍了朔的後腦，同時說：

「那就先接受朔的歪理吧！」

朝姑姑一步步走向操場邊上，那座頂上覆著鍍鋅薄鐵皮屋頂的飲水台，按下幫浦壓桿，洗起臉來。

10

「還能出水呢！」明說。

「因爲我們修理過了，」阿新說：「也修好了大鐘和音樂教室的管風琴。」

眞木對這句話產生了興趣，於是阿新和阿卡帶著眞木走到教職員室隔壁一間不大的教室裡。明和朔也跟著走進去，在黑板旁放著一台腳踏式管風琴。

眞木按下管風琴的按鍵檢查音質，阿卡則屈膝跪坐在地板上，兩手用力按著踏板。

眞木確認過發不出聲音的按鍵後，就避開故障的鍵盤，緩慢地彈出旋律來（明也知道這是巴哈的曲子），接著配上和絃，快速地反覆彈奏起來。

「你們長大之後，還會回到森林之家來嗎？」阿新問。

「我覺得朔會有自己想做的工作。」明說完，想了一下又接著說：「也許，我和眞木可以搬過來。」

「山谷的中學裡沒有爲特殊殘疾的同學服務的特殊班級，因此牧老師建議，我們可以來設立特殊教育班……假如你們來到森林之家，可以請眞木幫忙……因爲眞木是音樂專家。」

正當明不知該如何回答時，「人生的計畫，」朔說：「這個嘛，還不需要急著馬上決定。」

第十一章　前往一百〇三年前的美國

1

從小，明就很佩服朔的一個優點，就是他可以削木頭、從塑膠材料裡選出零件來製作自己唯一的模型。

這時候，朔通常會說出不可思議有趣的話來。在製作或是使用物件的過程中，邊做邊想出某個詞語。然後，隨自己高興用這個字。

來到森林之家後也還是如此。他在樟樹下將皮厚卻輕盈的樹葉收集起來，經過幾次組合，製成船的模型。然後在浴缸裡實驗，大於哪個角度傾斜船會翻覆。他把傾斜後回正的力量稱爲「復原力」，改良船隻讓「復原力」盡可能增大之後，就到山谷的河裡放船。

這時他說：

「我覺得，對人來說，復原力也是有大有小。」

在柯樹樹洞裡去了一百二十年前的山谷裡之後，明一直很沒恢復精神，可是復原力強大的弟弟，卻已經開始思考下次要去旅行的地方和時間。

首先，朔向眞木借來裝著奶奶水彩畫的紙箱，然後把畫全部鋪在客廳裡。假如從這當中挑選出一張圖，三人組可以邊看邊前往圖中的地方和時間。就先假設是三人進入了同樣的夢境裡吧！但三人組知道，這跟眞的前去，兩者是一樣的。

明待在查看奶奶圖畫的朔身旁，也決定開始整理自己喜歡的圖。

此時，照例收聽著FM古典音樂廣播節目的眞木說：

「我自己一個人去柯樹時，朔說錯了一個字。」

眞木是FM節目表挑錯字專家（比如把孟德爾頌的名字Mendelssohn印成Mendelsohn，或是把泰雷佳Tarrega印成Tareruga）。就連明和朔說過的話，他也會一個人認眞思考，並且轉換成正確的說法。

「本來朔說培根也會搭乘夢的時光機來，卻錯說爲狗夢的時光機了。」

朔一臉被難倒的表情，明則是因爲眞木可以無所顧忌的使用「夢」這個字感到高興。狗夢的時光機啊！

2

朔負責想該從奶奶的水彩畫中挑哪張作爲下次的目的地。大家也討論了明挑的圖，因爲她選的圖上模特兒看起來很有趣。

朝姑姑把炸肉餅晚餐送來之後，說明了畫中人物的由來。

「這女孩身穿西洋風格的服飾，而且戴著帽子，那已經是明治初期的事了。奶奶是依一本書中的照片畫出來的，那本書是以前流傳下來的書。

「她們是日本第一批女留學生共五人，都是被送到美國去。我想這是她們爲身穿美國樣式的衣服所拍的紀念照。這位身穿白衣的小女生，應該是八歲左右

「奶奶稱她爲梅（MUME），非常敬重。

「她是留學回來之後，奠定日本女子教育的人。對這麼尊敬的人用這麼親切的小名叫法，奶奶平常是不會這麼做的。

「在這山谷裡，唯有梅才有這樣特殊的禮遇。奶奶的媽媽叫做櫻。而這個梅（MUME）是梅（UME）的古代發音，因爲要和這名字親近因此取名爲櫻。

「你們的曾祖母，也就是櫻，她的父親是個怪人，名叫八三郎，雖然不像銘助那樣有名，但是在這片森林裡卻也是一號傳說人物。他是我們祖先裡第一個去東京的人物（在那個地方還叫做江戶的時候去，名字改成東京的時候才回來）。

「在逃散事件過了幾年，發生農民暴動的時候，我們家是村吏，是鎭壓方。然而，那位八三郎卻是銘助的心腹（也就是最信賴的部下），一起成功發動暴動。在慶應三年初期，引起了很大的騷動。

「領導人被藩府盯上，所以銘助和八三郎就先從村子裡逃了出去。他們在中途分開，銘助回到谷裡，八三郎去了江戶。他在江戶去了一家種植蘋果、葡萄等『西洋蔬果』的農場工作，連蘆筍都種過。

「那農場就是梅的父親所開的。自從江戶被改名成東京之後，原先聚集於此的武士都回到了各地，東京因此空了很多土地出來。

「八三郎有時也會陪來農場玩的梅，那孩子後來去了美國。這件事情給八三郎留下了很深刻的印象。回到山谷之後，他也開始經營自己的農場，並且爲自己的女兒取名爲櫻。

「他也曾希望櫻出國留學，不過最終沒有成行。甚至沒能進入梅創辦的女子英語私塾。因爲她是獨生女，得招入贅女婿替家裡傳承家業。

「不過，八三郎和妻子、入贅女婿、櫻四人種起了『西洋蔬果』，還賣到神戶的飯店呢！

「櫻希望像是梅小姐那樣，給自己的小孩受最高的教育。

「但是，兩個孩子只能送獨生子去都市讀書。因爲蘋果和葡萄產量不佳，加上吃『西洋蔬果』的人很少，生活很辛苦。

「男孩子從海軍學校畢業，卻在畢業航行的馬爾他島上因爲結核病發作死去。女孩子跟哥哥的好朋友結婚，還是住在山谷裡生活。就是你們的奶奶。」

3

「然後，你們奶奶終於可以供你爸爸去上大學。而妹妹我，因爲經濟上也沒有餘裕，又跟從廣島來的女孩子約好了，雖然只是心裡的約定……

「百年前我們的祖先，許下了讓家裡女孩子去留學的夢想以來，小明，妳是第一個有可能實現的人呢！」

4

還是個小孩子的時候，朝姑姑和父親曾經請教過奶奶關於梅從美國寫信給親戚的事。

一開始是日語，不久後就用英語寫信，因爲梅的父親也會英語。

明治時期的書信日語，以及一八〇〇年代美國使用的英文（同樣『時間』，不同

『場所』的語言）被同一位少女分別使用，這件事情相當有趣。

「爲什麼可以寫出這麼不同的信呢？

吾一切安好，切勿掛心。如前日所報，已隨眾人定居於華盛頓。阿良君代轉告其眼疾尚未好轉，尚在休養中，難以親筆回覆，由吾代勞轉達。小女敬啓。

My dear father,

I am glad I have a very nice teacher. Her name is Miss Sarah F. Lagler. I am very sorry to leave her, for she teaches me to write letter. I am glad I have learned to write.

「在戰爭期間，如果被人發現在讀英語，可是大麻煩。所以只能在其他孩子不在的時候，讀這些信來玩。所以到現在都記得。」

朔對這段話產生了興趣。

「寫著梅小姐事情的書，朝姑姑還留著嗎？我想借來看，也想把相關的英語文章印下來。

「首先，請明整理梅小姐的事情，我想調查所用的英文是哪種……『總之』雖然書信體和口語體不一樣，假如用剛剛的日語對我說話，我可是萬分惶恐。

「如果是英語的話，我們還是可以應付的。」

「我，英文很好唷！」常看電視英文會話節目的眞木，也興致勃勃。

對於去找這位最初從日本去美國留學的女孩子一事，明也變得積極起來。雖然要去一個沒有培根的地方，對眞木來說應該還有使用英語的樂趣……

5

當天下午和隔天上午，森林之家只有眞木播放的ＣＤ音樂靜靜流淌。無論是在各自的寢室中或是來到客廳後，明和朔都專心一意地整理相關書籍和影印資料。

午餐吃著牧叔叔送來的披薩，明說著她已經讀完的梅小姐美國生活。

「朔，我覺得這個有八歲的梅小姐和得了眼疾的十五歲的阿良，所組成的五人小組眞有趣。從橫濱搭船出發之後，大家都是『簪髮長袖和服』吧？到了舊金山，因爲很少見，照顧她們的人也沒帶她們去買洋服……

「大家等到跟日本使節團高層的人陳情，到芝加哥之後才終於可以買帽子和洋服。這些百年前的日本女性，感覺應該更保守規矩些才是……」

「逃散的女孩子們也很乖，但是較大的女孩子們，會把明的工作接下去做呢！」

「小女孩把好用的石笛送給我。」眞木也說。

「也是，到了關鍵時刻，就會變成有用之人。」明只能表示認可。

「到了關鍵時刻，想要好好說出自己的想法，還是用英語比較好。看了梅小姐的作文就會明白這點。

「梅小姐用英語說、寫，眞是了不起！」

明反問道：

「朔，爲什麼非用英文不可呢？」

朔又瞇起眼睛來思索著。然後，他開始補充剛才說過的話，希望可以傳達得更正確。

「爸爸不是經常窩在沙發上，看著那些與日本毫無關聯的書嗎？而且還常常大喊：『這眞有趣！』

「有一次，沒有其他人在家只有我陪他的時候，我問是什麼內容這麼有趣？他回答，比起寫什麼內容，怎麼寫的才更有意思……也就是『語詞』很新穎。

「這時候，他還說了——『新人類』是從『新語言』創造出來的——這句像是格言的話。

「現在，讀了梅小姐的書信和感想，最大的感受就是想不到這樣的內容竟然是用明治初期古老的語言寫出來的。」

「那麼，在這個時代，英語世界的人比用日文書寫思考的人優秀嗎？」

朔又再度瞇起了眼睛。

「……梅小姐是用英文說話書寫，比起當時的日本女人……或許甚至是比男人更『新』的人，不是嗎？

「而且用自己的方法，來教育日本女性。因此，不僅教了英語，也把日語『更新』

了。

「因爲，只有她自己是『新人類』，就一點用處也沒有。」

6

明覺得朔說的話非常有趣，但也很難懂。她想，八歲就到美國度過了十年的歲月，用「新語言」說話（聽）書寫（讀），這讓梅小姐變成了「新人類」，這點倒是跟朔說的一樣。

「梅在旅館裡很怕黑人服務生，在劇院看到黑人合唱團演出時，也嚇得要命，還懷疑黑人是不是這世上的生物……」

「在梅小姐用英文寫的文章裡，有段the negro minstrel，是白人扮黑人的表演吧？」

「但是，她還是很怕長得像黑人的樣子，這是事實吧？」明說。「過了好幾年，跟照顧自己那家人的黑人傭人夫婦詳談過後，就打從心底尊敬他們。我讀到這段時，覺得非常喜歡。」

「不是『暫時』而是『完全』變成新人類了！」朔不再瞇著眼睛說話。

眞木從奶奶的水彩畫中，挑出正在跟黑人夫婦說話的梅小姐那張圖。標題是「在朗門家庭院與傭人夫婦談話的梅」。

當下，決定了要去「一百〇三年前的美國某處」。

7

三人組雖然已經橫躺在柯樹樹洞裡，但是卻還無法入眠。要是眞的遇到梅小姐該說什麼呢？他們已經就這個問題談了三天。朔把問題翻譯成英文，明手寫在卡片上，三人各自帶著。

其中最清楚的就是眞木問的問題：

「梅小姐，請問妳都彈什麼曲子呢？」

明在書中發現梅小姐在美國學彈鋼琴，告訴了眞木。

眞木這時候並沒有聽FM音樂節目，而是小聲地朗讀著卡片。以前放攜帶式錄音機的木台上，現在則放著裝有牧叔叔烤披薩的籃子，用繩子繫在眞木手腕上。

明的問題是關於「勇氣」：

「妳是去美國的留學生中，年紀最小的女孩子。梅小姐，妳是怎麼提起勇氣去的呢？」

朔的問題是：「妳要讀文科（這裡翻譯成humanities）還是理科（這裡翻譯成science）？」

明也知道，對弟弟而言這也是個很重要的問題。朔決定要去念理科。但是，來家裡的大人不管是誰都認爲朔將來是會讀文科的人。也有人聽了朔的回答，給了要他去讀文科的忠告。

「你爸爸是作家，媽媽的父親，也就是外祖父雖是名電影導演，卻也是可寫一手秀麗隨筆的人。」

希望從事生物研究的朔反駁：「爲何不能選和父親以及外祖父不同的專業呢？」

話雖然是這麼說，但他對自己的理科能力，也是很擔心的樣子。

梅小姐去美國的時候，讀了很多詩和小說，但是在女校時對數學下過很多工夫，大學選了生物學。因爲知道此事，所以朔才會想問問她這個問題。

「如果，要選理科的話，理由是什麼呢？」

8

在柯樹樹洞裡重新思考這個問題時，朔好像又產生新的煩惱。

「如果我們即將遇到的梅小姐還沒有決定將來要走哪條路的話，我們的問題不就『無意義』了嗎？」

當朔這麼說的時候，明相當清楚朔的想法。

「萬一，梅小姐要是問『我爲什麼要選理科』的話，該怎麼辦？我當然是知道梅小姐的未來，但是不能說啊！」

梅小姐好像是對方的回答無法接受時，就會刨根究柢的人。她好像很喜歡說：“It is not right.”（這不對吧！）

大概會被追問，三個日本小孩，是怎麼來到這裡的吧！還是不能說謊吧！但是照實說的話，大概又會被唸："It is not right."

9

就算燈熄了還是會睡不著，明正在思考著。

與其問朔，梅小姐恐怕還是會把目光集中到同樣是女性的我身上來吧？

三人組來到一百〇三年前的美國華盛頓（當時稱呼應該是華盛頓郊區）朗門家時，個頭嬌小卻很機伶的梅小姐，正在爬庭院裡的櫻花樹（在書裡讀到這段時，明問過朔，櫻花在美國很罕見不是嗎？他的回答是，果實可以吃，應該是櫻桃樹吧！）。

梅小姐坐在樹枝上吃著櫻桃。我們沉默不語地仰望著她，淺黑色臉龐的梅小姐噘起嘴來把櫻桃子吐過來……

像是這樣的場面也不錯，明懷著這麼微薄的希望漸漸睡去。

10

眞木提著裝有披薩和（爲了愼重起見帶上的）培根的竹籃子，兩邊各站著明和朔。右邊馬上就是一間塗著藍色油漆的木造房屋。明他們就站在距離不遠處，花壇和蔬菜田的小路上。左前方，隔著一座長滿野草的後院，就是一間有著煉瓦屋頂、很高的住家。在對面公路的出口處，看得到槐樹。茂盛的綠葉中，一串串白色的小花搖曳生姿……

三人組之所以動也不動，是因爲聽到房子一樓靠近他們這邊的房間裡傳來鋼琴的聲音。

側耳傾聽了一會兒，明踮起腳來跟眞木小小聲地說：

「是〈少女的祈禱〉，朝姑姑家舊的音樂盒裡有一樣的曲子。」

「這是巴達傑夫斯卡作的曲子。女作曲家很少見！」眞木回答。

「這人在這個時代的美國嗎？現在是一八八一年。」朔說。

「一八三四年生於波蘭。是她十八歲時作的曲子。」

眞木很從容地說著，卻突然神色一變，探出頭去想看清楚槐樹底下動來動去的物體。然後——

「是培根！」他大叫。

那是一條與柴犬完全不同的毛茸茸的大型犬，當然對於眞木的呼喚也無動於衷。

鋼琴聲突然停了下來。身邊也開始產生了變化，小屋子的門打開了，兩名黑人走到白色的陽台上，站著望向這裡。

身穿粗條紋長袖襯衣，高到胸部的黑色褲子用吊帶繫著的高大男人，還有穿著胸前和袖子上都裝飾白色蕾絲的胖女人。

那位黑人女性，露出白皙的牙齒和眼白，雙手捂著嘴……

明覺得胸口一緊，我們三人把她嚇得……

「眞木，快點說那句話吧！」明在女人尖叫聲響起前拜託他：「快說！」

三人組的身體漸漸浮起，明在開著的窗戶闇影中，看到一個身材嬌小的女孩子佇立……

11

走在回森林之家的路上，「我們這次去到底是爲了幹嘛？」朔抱怨著。

「我把籃子留在那裡了。」

「是啊，眞木，也許他們三人在那陽台上正在吃披薩，用培根餵狗。」明說。

「梅小姐曾經跟那對黑人夫妻說起天神傳說……說不定以爲是上天贈送的禮物……」

明爲了不讓和眞木的對話產生混亂，並沒有說出剛想到的事情。梅的同伴中有一個人就是那個美國寄居家庭裡的女兒，常跟她一起玩的少女，後來也來到日本，成年後也協力幫助了梅的工作……

那個人的名字，就叫培根小姐（Miss Bacon）。明覺得對三人組來說，也是一件相當有趣、不可思議的事。

第十二章　來自銘助的呼喚

1

雙親去了海外，只剩下孩子們一起生活的期間，就由明擔任記錄「家中日記」的任務。

像是食物菜單、到訪客人、郵寄信件、購物清單等等，用鉛筆像是寫筆記一樣記錄在白色的大日曆上。另外有一個重要的項目就是「眞木的發作」。

自從十三歲那年夏天，第一次癲癇發病以來，眞木一直服用三種藥物。每兩週一次，用醫院開的處方箋去抓藥粉和藥劑，再分裝在小塑膠袋裡，標上日期和早午晚。這也是明和眞木的工作。

眞木的發作時間，從旁人的角度看來，可能比較長，不過就是十秒到一分鐘突然失去意識。臉色變得潮紅，不斷發汗。之後，會有一陣子看不到東西，不能走路的時間較長。看起來似乎是很痛苦，但眞木從未說起發作時間發生的事，到底有多痛苦，別人也不明白。

如果在散步或是搭乘電車的時候發作，爸媽或是明就會緊抱著眞木。發作後會有腹瀉的現象，所以必須加以注意。

在電車上發作時，有人會讓坐，可是因爲發作之後不能立即彎腰，所以無法接受好意。明和眞木兩人搭車時，也有人曾經斥責過緊抱眞木身體搖搖晃晃的明：

「妳，怎麼可以這樣不接受別人的好意呢？」

來到森林之家，進入第四週的那天，明算了一下眞木發作前兆的次數，卻只有五次。明很高興眞木健康狀態良好，同時也是留守在家的三人組引以爲傲的事情。

2

也還是看日曆發現的事，雖然來到森林之家後，感覺是不斷在冒險，但其實還是沒有發生什麼事情的平靜日子居多。

這樣平靜的日子裡，朔讀自己的書，明就寫作業及準備飯菜。因此，漸漸眞木也會一個人去散步了。

眞木之所以可以一個人去散步，有賴牧叔叔跟他的夥伴幫忙，把散步道都修整好了。

從森林之家開始，經過青櫟樹叢中的道路，上行至林間道路。確認好沒有來車之後，穿過馬路（這點，眞木的耳朵比眼睛有用），然後進入古老的山路。往上走一會兒，就會來到修補林間道路用的砂石採集廠。

眞木走到這裡需要二十分鐘，坐在分區的柵欄上休息五分鐘，下山回程則要走上十五分鐘。

如果出發時間超過四十分鐘之後，還沒有看到眞木從青櫟樹叢間回來的話，朔就會跳起來跑去找他。不過到目前爲止，還沒有發生過。

就在明仔細看過日曆的那天午後，過了一段時間都沒有看到眞木。朔立刻跑出去，明也緊追在後。就在明正要穿越林道的時候，就遇到朔看著眞木手裡拿著的一塊布，兩人一邊看布一邊下來。

「好像是銘助的信！」朔興奮地說。

「是培根叼來的。」眞木說。

「培根也來了嗎？爲什麼？」

「也有狗夢的時光機嘛！」眞木回答了，卻感覺沒什麼精神。

「培根順著路往上跑……往千年老柯樹那邊去了。」朔說。

明來到眞木身邊，探頭一看，長方形的布上用墨汁畫著的圖案。小〇

「這個是農民暴動的標記！唸做小〇（komaru）。」朔說明。

3

明也對這個標記很有印象。回到森林之家後，在奶奶的水彩畫箱裡曾經取出農民暴動的圖來看。色彩凝重的河流，不計其數的農民聚集在彎曲的河灘上。腦袋如同豆子一般小的男人全都一手高舉著[小〇]的小旗子。

「三人組就算去了這裡也起不了作用。」朔也無精打采起來。

「我不太擅長人多的地方。」眞木說。

有件事情讓明很在意。培根叼來的「信」，感覺上好像是當初朝姑姑準備給醫療站洗傷口的布。從逃散到農民暴動之間，如果一直都使用這塊布，不就違反時光機的規則了嗎？那塊布裡面，搞不好混著化學纖維……

「儘管如此……」像是要吞下這句話般，明繼續說。

「銘助讓培根送來了信，這是叫[小〇]吧？三人組總不能視而不見吧？」

明記得在整理梅小姐有關的圖畫時，曾經看到一張圖裡沒有森林和峽谷的場景，等到將這張圖找出來後，只見一處像是劍道場的地方，有一名身穿和服的男子坐在那裡……

屋內比較陰暗，畫面前是結實的木欄杆，男子就坐在裡面，因此細部沒有辦法看得更仔細。不過上次看的時候沒注意，這名男子左胸處縫著一塊小〇的布片。

「這就是農民暴動之後被送入藩府牢房的銘助。畫面左側邊緣木門的陰影處不是有一行鉛筆寫著：『慶應三年銘助獄中圖』。」

「這不是人山人海的地方，我想去。」眞木對朔說。

4

在支撐屋頂的黝黑、粗大的屋樑下方，三人組站在同樣映著黑色光澤的木板走廊上。左側是沒有鋪地板，地面裸露的房間，右側是縫隙大約二十五公分見方的木欄，一直疊到高處，是跟牆壁連在一起的牢房。在這寬大的空間裡只關著一個人，正抬起黝黑的面孔看向這裡。

他隨即起身走近木欄旁，目光直盯著眞木說：

「果然，狗兒到了儂們的地方！」原來是銘助的聲音。

銘助與三人組隔著木欄互相凝視，他的嘴角已經生出了細細的鬍鬚，髮型如同電視劇裡的武士一樣，頭部中央的頭髮豎起來……

臉色很差、似乎變小的臉龐上，浮現出令人懷念的淘氣微笑。

「從裡面的格子窗可以看到俺們所住的小鎭。狗兒就一直站在鎭邊濃密的櫻花樹下。我叫了一聲狗兒，牠就游過護城河跑過來。俺們來和年輕武士說話時，曾經帶過狗到城裡來。

「因此俺們就想——可以讓狗送信，給俺們農民暴動的夥伴。然後，也可以送信給叫牠培根的儂們！」

5

「培根帶了一面旗子來。」眞木說。

銘助點點頭，緊接著轉向朔，他說：

「俺們把儂給的西洋小刀藏起來。」接著他解開紮著頭髮的漂亮小布片（明一開始以爲是絲巾），從中取出瑞士小刀，在身穿的和服前示意做出割開布片的動作。

明看著弟弟的臉說：

「……啊，時光機的規則怎麼辦？」

朔卻一派天眞，高興地說：

「眞氣派！很寬敞的牢房！」他甚至這麼說。

「這麼寬也沒啥用！就俺們一個人坐牢……

「你們剛來的逃散那年，有場征討長州的戰爭呢！藩府那些老人家，是乖乖照幕府的要求去做，可是還是有人想知道被攻打的長州藩到底打算怎麼辦。

「那些人翻山越嶺去打聽，俺們給他們帶過路。因此就和那些年輕武士認識了。

不過暴動開始之後，因爲是對抗藩府的戰爭……這次是俺們被抓，關在這裡。」

6

接下去銘助跟明說：

「大岩頂上跟你們初次見面的時候，你們就叫我銘助……你們怎麼知道我的名字呢？」

「知道你叫銘助，是因爲看過祖母的畫才知道你的名字。銘助你做哪些事情，有各式各樣的傳說呢！

「祖母住在，也就是你們所說的住所……森林的山谷間長大。跟朋友遊戲時，都是在畫跟銘助有關的事情。」

「銘助你原本已經可以逃出藩府勢力範圍之外，和你一起逃出去的夥伴去了江戶。可是你知道人們其實並不明白發動農民暴動的原因，所以又折返回來。」朔說：

「隨後，你出現在人群聚集的地方演講，說，人是三千年綻放一次的優曇花。」

「聽說我父親小的時候，問到這句話的意思是：『人是不可思議，了不起的存在』

之後，就常掛在嘴邊說著玩。」

銘助笑得滿臉笑紋。

「那朵花開放在牢房裡，還生了病呢！」

朔像是下了決心似的問：

「你的夥伴收到狗送去的信，有回音了嗎？」

「和看守俺們的武士約好了，要是夥伴來看俺們的畫，那武士就當沒看到。

「就在剛才你們來的時候，俺們還以爲是夥伴來了。可是他預定明天才來，怎麼今天就到了……」

「農民暴動的夥伴想把你從這裡帶出去，是嗎？因爲，只要再等一段時間，新的時代就會來臨，又能活躍起來了！」

銘助的臉上沒了笑意。明很清楚，他並不是討厭朔講的事情。

銘助深深吸了一口氣，溫和卻堅定地說：

「儂們把俺們的事情當成傳說，那個儂們說的畫的俺們，是在新世界活躍的銘助嗎？」

朔因爲無法回答，一臉非常懊悔。

「……總之，俺們希望儂們再來這裡一趟。俺們想，那次逃散的時候，儂們回去那邊之後，隔天就會再回來了吧？

「明天這個時候，俺們的夥伴會來。俺要介紹儂們給這位夥伴看看。」

7

眞木和明代替了沉默不語的朔，約定過了一天再來的承諾。銘助並沒有拘泥於跟陷入沉思的朔說話，又跟明說起了另外一個話題。

「俺們也是從那傳說中知道，可以從千年老柯樹樹洞裡出發去旅行的只有孩子。你們三人又都是孩子，因此才能來到這裡吧？」

「在我們來森林裡的這段期間，父母親都去了美國。」明說。

「在儂們的時代，父母和孩子離得這麼遠，難道不擔心嗎？」

「父親在大學有工作。不過，如果情況只是如此，母親會留下來陪我們……可是父親，怎麼說呢……現在……」

「爸爸遇到危機了。」眞木說。

默默聽著的朔，說明了「危機」這個詞的意思。現在父親的情況不太好，也就是危機。但並不是生病，如果現在的狀態還加上生病的話，不管是什麼工作可能都沒法繼續進行，應該連出國都不可能……

「儘管如此，他實際上已經處於非常憂鬱的狀態了。爸爸的危機如果更進一步加重，就必須去醫院治療了。我認爲父親並不想這麼做。

「以前也發生過危機，但是父親挺過來了。這次，卻比以前感覺更加嚴重，就去了他認識的心理學家朋友所在的大學。」

明覺得不妥，擔心銘助是否能聽得懂朔說的這些話。不過，聽了朔對銘助傾訴這些眞心話，明感覺到朔爲三人組做了必要的事。來到森林之家後，雖然朝姑姑和牧叔叔熱心照顧，可是這也是無法對他們說出的祕密。從母親那裡傳來了一些消息，但是……

朔說完，之前一直併膝跪坐在地板上的銘助，深深鞠了躬，瘦小、單薄的背脊，彎出了稜角。然後他說：

「你們也生活在有著痛苦的世界哪……巡視的年輕武士要回來了，請你們今天先回去，明天再過來。」

剛剛一直很溫順的真木，這時宛如代替了父母，伸出兩隻值得信賴的臂膀，抱住了明和朔，向逐漸暗淡的木欄杆裡，閃著光亮雙眼的銘助點頭致意。

然後，明跟朔就聽到那句熟悉的老話。

8

剛剛從柯樹樹洞裡醒來，就聞到強烈、潮濕的蘑菇氣味。氣溫也很低，儘管有這個真木的大身體暖氣管，脖子的地方還是冷颼颼。雨聲包圍著他們。撐起預先放在樹洞裡的傘，走下比起晴天更翠綠的林中小路。三人組已經對於在柯樹樹洞中過夜非常習慣了。現在跟阿新還有阿卡也很要好，不會再有被中學生惡作劇的干擾。牧叔叔雖然還是搭著帳篷在旁邊，但已經不在裡面過夜。

儘管如此，慎重起見還是從柯樹樹洞門扉裡上了鎖。

橫越森林步道時，朔抬頭看看天空。在越野競賽活動小組中，他好像是專門負責確認比賽前的天氣。

「今天晚上恐怕會有暴風雨。」他說：「可是三人組還是要去。」

「我們已經約好了！」真木用力說。

明提出了非常在意的問題：

「聽你和銘助說話，讓我想到，朔難道已經不再遵守時光機的規則了嗎？」

朔沉默地走著。跟昨天被銘助問到時，不發一言一樣。

明再次用質問的語氣說：

「告訴我們那些規則的可是朔你呢！」

「……跟銘助說話之後，我有想過。

「三人組第一次冒險時，我說的是到了過去，如果發現將來會危害世界的壞人還弱小無力……不可以趁機收拾掉。剛好就是我們往上走到這附近的時候，我這麼說，結果惹得真木不高興對嗎？」

眞木注意著因爲雨水而濕滑的地面，同時注意著最近敲打過的茂密草叢。

「我現在想的是另外一個問題。在過去的世界，某人總會面臨要做或是不做某件事情的岔路口，不是嗎？時間過去之後，現在人就會聽聞當時他是做了怎樣的選擇。

「如果這都記錄在古老的文獻裡，就會是歷史上的事實。自古流傳下來的傳說，不就是這樣反覆被人傳說著嗎？可是如果進一步探討，就會發現別的傳說，可能提及該人選擇過另外一條路……」

焦慮不安的明打斷了朔的話：

「下次乘坐夢的時光機再次出去的話，朔你要跟銘助或是他的夥伴去做什麼呢？」

「我可沒有能力去做什麼。」朔回答。

明像是放下心來，卻又好像不滿意這個回答而沉默。因此朔這麼對她說：

「不過，我還是想帶點比瑞士小刀更大的工具去幫忙……等他們使用過之後，再收回來帶走。」

「是要讓銘助他們幹什麼用的工具？」

「逃獄，不是嗎？」眞木說。

不僅僅是明，連朔都嚇了一跳。明高舉起雨傘，把眞木淋濕的臂膀往自己的肩上靠。

「你怎麼知道這個字？」她問道。

眞木沉默著，明繼續覺得很焦慮。

「朔……我覺得還是不要讓銘助去做這種事情。」

三人組走進青櫟樹叢後，眞木像是扛起雨傘般，繞過明走到朔身邊。

朔跟眞木並肩而走，對明說：

「就算我想做出不同於自己所聽到的傳說內容，但也是無法改變歷史事實的。」

朔說話的聲音宛如悲痛的孩子所發出的沙啞聲音，再次讓明嚇了一大跳。

9

雖然朔很消沉，但是到了下午，也沒有無所事事。就像早上所預測的，下起狂風暴雨，朔把雨衣穿好，到牧叔叔的小屋去，報告今天也要進入柯樹樹洞過夜。因爲朔擔心，萬一牧叔叔在暴風雨的夜晚來巡視森林小屋，卻發現三人不在，一定會引起更大的騷動。

牧叔叔建議等暴風雨停了之後再去乘坐夢的時光機，可是他看到朔的態度非常堅定，也沒有多問今晚必須前去的理由，便接受了三人的計畫。

但也是有條件的，那就是要等牧叔叔上山檢查過柯樹樹洞和帳篷的狀態，他說今晚自己也要陪伴他們一起過去。風雨越加猛烈，要在風雨中完成一切，可說是倍感艱難。不過，牧叔叔和其他參加工作的夥伴都不是懶散和怕吃苦的人。

而且，朔還從牧叔叔那裡借來裝有鋸子、鉗子、鑿子和其他木工道具的工具箱。在玄關處已經準備好大家雨具的明，看到朔背著用繩索背在肩上的木箱，她心裡暗暗叫著：

「逃獄！」

明繼續思考，既然朔都這麼說了，他與銘助的夥伴要做的事情，應該不會顛覆史實。即使逃獄成功，也還符合原本被遺忘掉的傳說……

明打算詢問眞木是如何知道逃獄這個字眼，但是眞木忙著把從東京帶來裝游泳道具用的袋子，拿來裝石笛，然後放在朔的木箱旁，一直都沒有抬頭看過明一眼。

10

因為風太強了沒法打傘，三人組在各自的雨衣和防水帽外又披上了牧叔叔同事的防雨斗篷。牧叔叔用小型貨車把大家載到林道深處，從那裡走到柯樹樹洞時，大家都被雨淋得濕透了。

朔換上乾的衣服，旁邊明也為眞木換上長褲和內衣，然後在樹洞內掛起一圈濕衣服當圍幔，自己也換上乾燥的襯衣、夏季短袖運動衫及斜紋短褲。

牧叔叔把小型貨車開回車庫又折回來，在樹洞內邊角處滲入雨水之處放上兩個大鐵皮桶。

萬一晚上眞有什麼狀況，會過來看看情況，鑰匙不要鎖上。牧叔叔說完，負責保管鑰匙的眞木就用力點點頭。

跟隻淋濕的熊一樣，牧叔叔一個人回到帳篷裡。

燈一暗下來，在漆黑中，整座森林喧嚣起來。風雨的聲音、樹木折斷落枝的聲音不絕於耳。明在握著眞木的朔手上，加上自己的手。

11

三人組站立在含著雨水猛烈敲打窗戶的強風聲響中，黑暗裡，明白了這裡是牢房木欄杆前寬敞的走廊上。

沒有鋪設地板的房間，一側牆上高處有一扇結實木頭的格子窗，昨天光線就是從那裡透進來。現在防雨窗已經被關上，唯有風雨的聲音從外面傳進來。

眼睛適應了周圍環境之後，只見走廊深處角落，從木欄杆那邊傳來一片光亮。

「去那裡看看！」朔背著裝有木工工具的箱子，說完這句話就走過去。跟拿著裝有石笛袋子的眞木並行，明跟隨在後。

「母親，請把紙燈籠往前放，俺們說過的那些童子們好像到了。」

銘助的聲音傳過來，但在風雨聲之中顯得微弱且嘶啞。只見木頭架上點著糊著白紙的燈籠，連同高高的台座移向木欄杆。

銘助躺在單薄的被褥上，身形也變得更單薄了。奮力想抬起枕在麵包般形狀的木枕上的頭，望向這裡。紙燈籠旁銘助的枕頭邊，一位身穿和服的女人，正坐在木桶和放置布巾的臉盆旁。

在走廊上照射的半圓形燈光下，三人組並排著探出頭來。這樣一來這裡他們不但看得到銘助，他也看得到三人組的臉。

因爲銘助面對著這裡，可以清楚看到他那有著尖鼻頭的臉龐，緩緩地說著：

「先前還吐了血呢！因爲夥伴來了太過興奮……就是在你們來之前……俺們的事情已經預先安排好了……

「接下來會怎麼樣呢……只好作罷……叫夥伴們把俺們母親用馬車載來。俺們想讓母親好好看看儂們……」

明看到朔把放在膝上的木工工具箱往身體後方放，眞木也同樣把石笛袋子往後藏。

12

「這樣大風大雨的夜晚，一路辛苦了！」穿著寬大和服，將烏黑的頭髮高高盤起的銘助母親，由衷感謝地說。

「小姑娘，淋到雨了嗎？」

「謝謝，大家都沒有淋濕。」明說。這女人的聲音聽起來像是不管看什麼都能處變不驚，明似乎想讓她看看自己所穿的未來女子衣服般，讓紙燈籠的光照在身上。

「……我們離開村子的時候，雷鳴閃電可大了！」銘助的母親說：「我們在山上看到那棵千年老柯樹被雷劈，起火燒起來了。牽馬的人說什麼要大政奉還，眞是天翻地覆啊！」

「老柯樹折斷了嗎？」朔急著確認。

「被雷劈成兩半，其中一半燒起來了。」

「當剩下的另外一半也折斷的時候，就是這個國家發生更大轉變的時候吧？」銘助目光濕潤地注視著朔，「當千年老柯樹有樹洞的另外一半樹幹也消失之時，會發生什麼事情呢？」

明發現，朔的眼睛和銘助的眼睛像是互相照應，各自發出炯炯的光亮來。

13

風雨越來越激烈了，大家沉默下來聽著風打雨聲。銘助的聲音儘管很微弱，卻仍舊聊起了愉快的話題：

「母親大人，這幾個人是從很遠很遠的未來世界來到這裡的童子唷！不管大風、暴雨還是打雷，都無法傷害他們。

「而且，母親大人，他們很清楚俺們的事情，說俺們死後會留下傳說呢！喂，儂們快把情況跟家母說說呀！」

眞木和明都無法立即開口說，於是朔就應他的要求開始從頭說起。

明在一旁聽著，同時覺得弟弟比自己還要優秀。因爲朔用容易明白的通俗語言告訴正在聆聽他述說的銘助母親，即使在離現在很遠的未來，孩子們都會把銘助當作非常勇敢和富有智慧的人。

然而，說到農民暴動之後，銘助返回城下町發表演講的那段詞句，朔的聲音背叛了主人。銘助再度抬起他細瘦的脖子注視著朔，然後開始不停地咳嗽。

「人是三千年開一次的優曇花！」朔如同烏鴉嘶叫般喊起來，然後便痛哭失聲。

母親把銘助離開枕頭的腦袋重新扶回原處。眞木站了起來，把手搭在木欄杆上，像是探視般看著銘助，然後把石笛的袋子交給母親。然後母親把銘助用顫抖的手遞過來的東西，回禮般轉交給眞木。

「……三人組回去吧！」眞木用比之前全然不同的愼重語氣說著。

在夢的時光機啓動起來的感覺中，「接著，母親就會要對銘助說那句話了吧！」明想著。

「沒關係，我會再把你生出來。」

14

聽到耳邊傳來的滴水聲音。明睜開惺忪的睡眼，同時想起從朔的臉頰上滑落到泛著黑色光澤地板上的眼淚。從採光窗上篩下令人炫目的亮光。

還在熟睡的眞木枕邊，放著朔使用已久的瑞士折疊小刀，總是用來包培根前往那一側的紙袋，也鼓鼓地放在那裡。

眞木也許以爲會遇上培根……

朔的臉朝下趴著，一手搭在木工工具箱上。明覺得哥哥和弟弟都很可憐。

那滴水的聲音是一滴滴水珠滴落在早已接滿雨水的鐵皮水桶裡所發出來的。明在已經溽濕的地板上穿好鞋子，走出樹洞。在雨水洗刷過的綠葉間，讓人覺得夏天即將結束的陽光照射下來。在柯樹周圍，仍然茂綠的枝葉落了一地。

牧叔叔抱著昨天晚上讓三人披上的防雨斗篷走出帳篷，對著明說：

「夜裡沒淋濕，也感覺到冷吧？」

「鐵皮桶裡的水已經滴滿了，因為地板有縫隙，所以沒積水。」

「夜裡已經去清空了好幾次那個鐵皮水桶……看來樹洞上方的木板還是有問題。」

「搭乘夢的時光機進行的旅行情況怎樣呢？」

「我想，朔會詳細跟你說明。」明說。

牧叔叔將需要晾曬的東西鋪開，又回到帳篷裡。明想到，牧叔叔在清理鐵皮水桶的時候，一定也點亮了煤油燈。當時正在「旅行中」的我們三人，是還睡在被窩裡呢？還是只剩下一床空棉被？

自己不再是個孩子的時候，一定要向牧叔叔問清楚此事，明這麼考慮著。

第十三章　中期報告

1

朝姑姑一如往常提著小禮物來到森林之家享用午餐，聊到暴風雨那晚發生的事情，是從牧叔叔那邊聽到的。

「我說你們啊……特別是小朔，跟阿新及阿卡混在一起，我全都知道，你們不只熱中於夢的時光機而已吧！

「不過，你們不覺得這次感覺有些過分了嗎？」

從原本請牧叔叔幫忙這件事，到爲什麼那天晚上要去柯樹樹洞等等……其來龍去脈的交代由朔負責。

然而，星期一早上回來之後，朔卻不怎麼開口說話。明則認爲他是去了那邊時哭了，而感到丟臉吧！（是在對自己生氣嗎？）

因爲朔沉默不語，朝姑姑轉移了話題。其實這正是這一天朝姑姑來拜訪的主要原因。

「我就跟你們說了吧！有『好消息』，其中也有『壞消息』，請注意聽我說。媽媽在國際電話中提到了爸爸的身體狀況，以及秋天的計畫。

「你們的爸爸是我的哥哥，我就這麼稱呼他把話帶到。哥哥啊，套句以前人的說法是因爲憂愁攻心所苦，你們應該比我還清楚吧？現在叫做憂鬱症……他卻不認爲自己生病了。

「對你們家來說或許是個危機吧！一直以來哥哥也曾試著再站起來，但再怎麼樣努力，終究病因還是在憂鬱症啊……

「這次的狀況實在不好處理，哥哥便辭職離開了東京，到了加州柏克萊大學。他跟我說，他一邊爲日本文學研究員幫忙，一邊找心理學家的朋友諮詢病情。

「接下來要說的，則是憂喜參半的『好消息』及『壞消息』了。

「我所謂的『好消息』，便是哥哥接納了朋友的建議，決定服藥治療。

「可是，爲了能觀察病情，哥哥必須在柏克萊多待一陣子，也就是所謂的『壞消息』。

「連聖誕節及正月（元旦）等假日，都要待在美國，你們回到東京仍得三人組相依生活。

「這就是『好消息』與『壞消息』。套句我最喜歡的單字，請你們正面接受這樣的事實。」

2

「姑姑說的『正面』就是積極面對的意思。」但朔卻是冷淡地回應。

「我則是眞心地接受這個事實，因爲他們在那邊決定好的事情，我也沒辦法。」

朝姑姑盯著朔一直瞧，嘆了一口氣後繼續講下去。

「我來你們家是要跟你們說，別打國際電話給他了，聽說哥哥一通電話也不會接的。

「現在因爲吃藥後精神變得比較好，也許傳眞他會收吧！我向山谷間的家電行，訂購了一台傳眞機。

「今天下午你們就儘管動筆寫信，傳眞機一送到我們馬上傳送過去。

「柯樹樹洞的事情，也跟媽媽說吧！就當成是個『中期報告』。」

3

明把「一家日記」中想報告的內容寫了下來。朝姑姑說的「好消息」，因爲也不確定對爸爸來說，是否眞的是「好消息」，所以這件事什麼都沒提到。

不過，三人組一直到年底只能相依生活的「壞消息」，看起來是勢在必行，所以寫了這樣的內容。（一邊如此寫著，在森林之家待了整整四週的時間，多少也萌生些自信心。）

眞木接棒寫下去。

吃藥前，標示好服用的時段（早、午、晚），可就方便許多了！

「逃散農民的小女兒給了我一把石笛。」收集起來，可以吹出D小調的音階。石笛我全歸還了，因為我已經不再戰鬥了。

銘助生病了，病到連刀子都無法自己還人家了！

朔總結了三人組的內容，不過講白了，還是寫了自己的事情。

銘助逃散時的活躍作為，我在一旁可是親眼目睹了。不過，若沒有我的話，銘助也並不是辦不到。

我想替被關在牢房裡的銘助幫點忙，但實際上什麼也做不了。

小明在「一家日記」中提到了，我在牢房前面哭泣那件事。那究竟是怎麼一回事呢？我試著思考了。

a自己無法為銘助幫上點忙。

b若從自己活著的當下來看，銘助其實已經死了。儘管銘助用「優曇花」之歌，發表了自己想做的事情之演說，結果來說還是無意義的。

c自己繼續在當下活著，也許長大了能做些什麼，但或許仍然什麼也辦不到吧！

逃散之後的兩百年正是二〇六四年，我可能變得一副龍鍾老態（或者已經死了），不就印證了生活在當下是沒有意義的嗎？

一想到那件事情，或許童言童語，但正是發自寂寞的哭泣啊！

我們真的乘了夢的時光機，到了那邊嗎？不是什麼樣的陰錯陽差，純粹是三人組作了相同的夢而已嗎？我也有這樣的感覺。

探訪銘助牢房的前一天，也算是發現了在其他時間、去了別的地方的「證據」。真木得到的石笛，是「加號」的證據。那已經不見了。

我原本以為留在銘助的世界了，也就是「減號」的證據：瑞士製軍用小刀，在柯樹樹洞裡頭找到了。

4

朝姑姑捎來了柏克萊傳來的傳眞。

回信給明的，是媽媽。

對於明提到的森林之家生活記趣，她感到欣慰，甚至還傳授了妙方：八月下旬準備搬回到東京時，朝姑姑與牧叔叔必須結算所有花費。明立刻將「一家日記」塡入的內容，與家計簿逐一比對。

媽媽的傳眞留白處，同樣有爸爸寫給明的回信。

小明的「日記」使用的文體很有意思。

陪同眞木去買英語教學節目教材這件事，與在逃散時設立醫療站的經歷，延續著相同的寫法。說起來，漂流荒島的魯賓遜，不也是如此記下他的大冒險及生活點滴的嗎？

三人組搭乘夢的時光機到那邊時，並沒有詢問半夜檢查漏雨的牧叔叔，柯樹樹洞是否為空心。如此謹慎行事，真是再精明不過了。

我並不擔心三人組的冒險行為，因為你也是三人組的成員之一。

寫給眞木的回信。

謝謝你教我怎麼服藥。其實已經第二次了，到底當天的藥有沒有吃，我又搞混了。

真木使用石笛戰鬥一事，我從明的傳真得知了。我舉雙手贊成你不再戰鬥的決定。可是收下一個石笛也好啊！〈畢業〉最初的Re那個也好……

銘助把小朔的刀子歸還給你時，沒有直接給小朔吧？真木在小朔還小的時候，就是一位懂得珍惜他的「自尊」的大哥。

5

寫給朔的傳眞是最長的，沒有讓明看的打算。因爲似乎寫到了朔的「個人問題」。

眞木看完寫給自己的傳眞後，就讓明看了，隨後即塞入褲子的口袋裡。當中也有提到朔的「個人問題」，應該很是在意吧？

不過，朔仍然一副事不關己的樣子，把自己的傳眞拿給了明後，出門去慢跑了。

小朔的傳真裡頭，有兩張重畫過的森林及山谷間的圖畫，真讓人感動。朝的傳真機不過才剛裝而已，卻有如此驚人的作品，明的「一家日記」中，也提到了畫是花了多少天才完成的。

另有一件事情，同樣讓我驚訝。那就是比起現在的畫，一百年前的畫裡頭的森林及山谷間：「讓人不禁憶起這就是自己曾經成長過的地方啊！」

在這裡，一旦睡著後半夜醒來可是很懊惱的。不過昨晚上床前，看了逃散那年村莊的畫之後，讓我一覺到天亮。這可是「好消息」。

樹頭高處裂成兩半的千年柯樹，遺留下來的樹幹也被颱風吹倒了，正值戰爭結束之秋天，我當年十歲。今天早上仍臥躺在床的我，回憶起那時候的生活。這可是「壞消息」。

之所以會這樣說，是因為每天早上都鬱鬱寡歡活在後悔中，正是生病的病灶之一。

敗戰後的村莊，食糧欠缺、沒有新書可讀，又被外國軍隊占領。如此惡劣的時期，我的內心及身體，卻擁有著無比的雀躍活力。

今天一早，就讓我回憶起當時。當下的自己，少了當時的內心及身體，又陷入了低落的黑暗情緒中……

現在，還能寫這份傳真，是因為照著真木的指示把藥分成小等份，我已經服了今早的份，情緒也平撫了不少。

6

寫給你的第三張傳真，回到過去的時間及場所。歷史已經發生過的過去，見證實際進展的當下……

既然能發揮如此的想像力，目前為止不也是努力而完成的嗎？或許可以寫成故事、小說、戲劇及電影。

我就跟大部分的人一樣，不管是孩童時期，或是長大成人了，並非全都實際體驗來的。不過，我卻比他人還會想像。

長大成人後的現在（今早的例子也是），千年柯樹倒了之後的消息傳到了國民學校時，活蹦亂跳的朋友馬上往森林裡跑……當時，我也想過自己應該也要去看看。

爾後，我沒有養成親赴現場的習慣，這正是身為小說家的弱點，我開始感到後悔。

三人組晚上睡在柯樹樹洞裡（即使是這樣，我實際上也辦不到），我相信乘著夢的時光機這始末經過，是真的。正如真木傳真中寫的一樣。

更重要的是，看到了三人組的想像力（就算事實上是三個人作著相同的夢，夢本身仍然是想像力在作用）源源不斷地作用著。

三人組一百二十年前的時空移動也好，僅是作夢時的內心之旅也好，這個夏天你們在那邊得到的收穫，不就成為了你們人生中寶貴的資產嗎？

因此小朔，歷史中已成定局的事情，即使再次回顧，結果依然不變而「無意義」，這樣的想法真的是正確的嗎？

此外，這就是我想問你們的重點，因為知道回到了過去的時間及場所，在那邊做什麼都是「無意義」的，而將「當下再做吧！」或是「試著做看看」的想法，也推論成「無意義」，這樣的邏輯真的是正確的嗎？

不管怎樣，對現在的你們而言，與其幻想著自己會變成龍鍾老頭兒，倒不如把重點擺回到當下的你們，擁有著小孩的內心及身體，這不就是你們肯定自己而應該做的事情嗎？

……我回覆三人組傳真的同時，也想向你們提出「中期報告」，談談我的危機。

7

爲了鼓勵提不起勁的朔，牧叔叔開了個會。計畫先邀請新及阿卡，與三人組一起去山谷間的河中游泳。然後，帶著披薩及千年柯樹湧泉水的牧叔叔，會加入聊天的行列。

從水泥橋溯溪而上一會兒，有塊岩石，有如兩台巴士堆疊起來的形狀。湍急的河水衝擊於此處形成深潭，一行五個人在此游泳。

什麼事情都一樣，眞木的游泳方式很特別。從潭水上緣的淺處往深處前進，身體漂浮著，臉部置於水面下任水沖流著……呼吸快不夠時就抬起頭，雙腳已經立足於遠離潭水、漸淺的水底。

明在一旁看得一清二楚，因爲目測水深的眞木，起跳時挑了好地方，所以身體才能順著水流漂浮著。漂浮的同時，很有技巧地控制著身體的平衡感。

朔也是模仿眞木的泳技後，改良成自己的游泳方式。兩手腕置於兩側，像蛙式一樣地踢著水，游到岩石邊緣後再反轉一圈游回來。

阿卡佩服地說：

「全新的蛙式。

「手腕不動的樣子，比正常的蛙式更像青蛙呢！」

擅長自由式的明，先游到了眞木游抵的落腳處後等待著。接著與眞木手拉著手，將眞木送回了起點，依然是以自由式勝人一籌。

新與阿卡潛入潭水底部，觀察著在岩石下方的石斑魚群。

過了一會，明問新：

「爲什麼只有我們在河中游泳呢？」

「大家都在學校的游泳池裡游，或者在家玩電動吧！」得到這樣的回答。

8

大家攀上了巴士岩的「屋頂」吃著點心時，「聽說阿卡在縣政府來的人辦的暑假演講時，被趕出去了？」牧叔叔問。

「因爲我只是回答了：『所以，你們打算做什麼呢？』這個問題的緣故。」阿卡不打算回答。

因爲被趕出去的關係，所以生氣而不提，明如此認爲。

倒是新開口說話了：

「那是一場『未來這個山谷會變成什麼樣貌？』的演講。

「縣政府的人是農業專家，提到了全新的番茄栽種法。岩鼻崩落後便形成細長型空地吧！整片空地可以規畫成溫室農場。

「最低處，也就是原本是田地的地面上，只要栽種一株番茄，其莖就會生長延伸至原本岩鼻的高度。光是那番茄植株，就可以長滿整間偌大的溫室，據說能結成一萬三千個果實。

「收穫時由上而下一節一節採收，利用其高度的特性，使用管線輸送至山谷間待命的卡車，即可直接出貨……

「他們口沫橫飛地說著，後來就問了大家：『因此，你們打算做什麼呢？』國中生們，把自己打算要做什麼的答案，畫在紙上。

「作畫的同時，有些人被要求說明自己的想法。」

「那阿卡說了什麼呢？」

再度被牧叔叔追問的阿卡，露出相當不感興趣的表情。還是說阿卡一直在等著這一刻的到來，明如此認爲。朔也是流露出一副看好戲的樣子。

「我回答，我要背著木工工具箱去農地。」

阿卡說。

「一株番茄植株可收穫一萬三千個果實，所以要用鋸子鋸啊！因爲我們是番茄果農。」

大家都笑了，特別是朔更顯開心。

明想，朔差不多要跟新及阿卡聊到先前的旅行了。還是朔仍感到遺憾，因爲他帶去的木工工具，沒能救銘助逃獄……

仔細想想，阿卡爲了提到鋸子的事，在演講時被趕出去的事是故意做的。

我因爲岩鼻一事而失望之際，眞木爲了提到「賑災飯」這個有趣的詞，開始準備分配巧克力……

明先把自己的想法擺一邊，看到阿卡開朗地笑著。

「這人眞有趣！」明心想。

「雖然我在作畫之前被趕出去，但聽說以『未來這個山谷會變成什麼樣貌？』爲題的畫，有三個人畫了背著鋸子的男生。

「回程時順道去禮堂看看吧！」

9

「對了，三人組爲什麼沒有打算從柯樹樹洞飛往未來呢？」

牧叔叔問。

「對啊，明明預計要去的啊！」阿卡搭腔。

朔不笑而答：

「回到過去碰到了銘助，他明明是遇到困難了，自己卻幫不上什麼忙。那眞的很痛苦啊！接著……」

新打斷了正在說話的朔說：

「即使是遇到困難，你們也看到了銘助是多麼的堅定啊。」

「……接著若去了未來，發現活在當下的自己是『無意義』的話，會更痛苦啊！」

朔如此說了出口後，直盯著潭水深處。

新的話語即使被朔漠視了，卻仍沒有就此打住的意思。

「小朔啊，從以前就老愛把『無意義』掛在嘴邊，我試著去思考爲什麼。

「過去的確已經發生了，無法改變。可是，試著回到過去，想更進一步了解銘助這個人這整件事情，對現在的我們而言，也並不是『無意義』啊……

「而且未來尚未成定局，活在當下的人之一舉一動，不也會造成不一樣的事實嗎？

「河水不也流到這裡了嗎？這裡就是所謂的現在。河水流到這裡，上游的水就是過去了。不會再改變。可是從這裡流到下游，是可以改變的。

「舉例來說，在這裡建造一個水壩好了？現在，也就是如何地改變這裡，未來不就也跟著改變了嗎？

「乘著夢的時光機出發，到未來的世界看看吧！若不是你想要的未來，就回到現在這當下，看看能不能做些什麼，讓它變成不再是你討厭的未來。還沒發生的未來啊，並不應該現在就已經決定好的。」

「就是這樣的『無意義』啊，不管當下如何地活著，未來還不就已經決定好的了……」

朔提高音量地說。明這四天以來，從未看過弟弟如此「積極」。

「新的頭腦太好了，講來講去俺都聽不懂啦！」

阿卡說完，想要從岩石上把新推下去。新肩膀一低輕盈閃身，阿卡自己一人跌入深綠色的潭水中。

第十四章　駐留在未來

1

點心吃完、多聊了一會兒，跳入水中讓身體涼快一下的三人組，與新及阿卡，以及在車上休息的牧叔叔，一起動身到國中欣賞展示中的畫作。

「根本都是同樣的點子。」明批評了。

牧叔叔站在當地的學生立場發言：

「大家都聽到了：『這個山谷未來應該會變成什麼樣子？』的事情，學生早就已經有先入爲主的想法了。又聽到：『因此，你們打算做什麼？』這樣的問題，難免就都畫得差不多。」

「若要自己努力改變先入爲主的想法，就得發揮想像力……」

朔趁機搭腔。

「怎麼老在講好難懂的事情，頭好痛啊！」阿卡試著要打住話題。

「我懂剛才小朔想講的想法。」新指責。

「這不過就是阿卡常做的事情啊！」

一幅國中女生的畫，讓明有同感：岩鼻後方的凹陷處，蓋有逃生梯形狀的發射台。長長直聳依靠著的太空船圓型窗戶上，看到了面有不安的小孩圖畫。

阿卡來回端詳著眼前三幅懸掛的畫作：溫室沿著森林的凹陷處而建造，宛如覆蓋住的樓梯，小孩正鋸著溫室底部番茄植株的根。

「拿著鋸子的小孩，都穿著同樣logo的T恤耶！

「是以阿卡爲模特兒嗎？」

明之所以這麼問，是因爲游泳完看到阿卡身上的T恤，印有1864-2064的黑色logo。

「這件T恤可是在『逃散』兩百年俱樂部做的！」阿卡一副得意洋洋。

「銘助要是聽到未來的孩子還記得的話，他一定很高興，不是嗎？所以創立了俱樂部，讓本町的超市接受T恤的訂單。

「不論尺寸還是logo的顏色，都應有盡有。下訂後馬上製作，超過二十件還可以打折喔！」

「我們也要三件，拜託你了！」明說。「可是，新並不喜歡這樣小孩子氣的事情吧？」

「俱樂部或是衣服的logo，全照新所想的點子，什麼也沒有改變。」阿卡說。「我可沒什麼想像力！」

2

在森林之家用過晚餐後，「新與阿卡提到未來的想法時，正是逃散後的兩百年，咱們三人組一起去看看吧！」朔提議。

「眞木，我們第一次見到銘助時，銘助把培根帶走了吧？我們回到了過去的時間，正是一八六四年。

「這一次，我想我們往二〇六四年的這座森林出發。往我們活著的現在許多年以後出發……」

眞木感興趣的證據，就是一副裝模作樣地接受。

「二〇六四年，眞是太棒了！因爲是理查．史特勞斯冥誕兩百年。FM一定可以直播全世界舉辦的紀念活動。」

這時候一如往常，眞木開始找尋理查．史特勞斯的CD，朔跟明清楚地說明自己的想法。

「阿明與眞木搭牧叔叔的車回去之後，我跟新及阿卡聊過了。

「阿卡不是提到了逃散後兩百年的事情嗎？到那時候，我想自己或許已經死了，或是變成了龍鍾老頭兒，依然故我一副吊兒郎當。

「爸爸對我感到抱歉，這樣的性格應該是他遺傳給我的。

「然而，爸爸卻跟我說：與其想像會變成龍鍾老頭兒，倒不如認清當下現實中仍是孩子的自己。

「然後，新跟我說，若我們討厭我們去的那個未來世界，就回到現在，打造一個不是那樣的未來。

「新實際上已經準備好了，在這片土地上努力地打造未來。

「我們不是從奶奶那邊聽說，銘助會投胎轉世的事情嗎？我在想會不會是新。」

「我也是這樣想。」明說。

「不知何時開始，我就覺得新跟銘助好像。當時見到時就感覺似曾相識，現在覺得連內心想法不也是很像嗎？」

「連阿卡也是，雖然不同類型，不也很像銘助投胎轉世的樣子嗎？

「據阿卡說，今晚要召集逃散兩百年俱樂部的成員，重畫八十年後的世界。我等一會也想去看看。」

眞木拿來了理查．史特勞斯的CD。

「我眞的很想聽，但現在有急事。」朔道了歉。

「之前不是因爲奶奶的畫而回到了過去嗎？這次我要跟新及阿卡他們借畫。

「讓我們三人組看了可以去到未來！

「因爲暑假快結束了，或許夢的時光機只剩下一次的搭乘機會吧！」

眞木目送著朔在柯樹群間奔跑離去時說：

「眞可惜，理查．史特勞斯的曲子，首首都是萬中之選。」

眞木比平常獨自聆聽時放得更大聲，任由《查拉圖斯特拉如是說》一曲開頭的樂音響徹雲霄。

3

出發當天，與之前在柯樹樹洞睡覺時的夜晚又不太一樣。

白天雖然還很熱，到了晚上卻有些涼意。三人組直接穿著睡衣及毛衣躺著，此外，三人各自把牧叔叔烤的披薩，及裝了自然湧泉水的水壺，裝入帆布包包及籃子裡。

因爲朔想去到未來的世界，看看這個山谷間的樣子。仔細地看個夠後，打算與新及阿卡討論，如何避免變成討厭的未來。

「如果說，我們在那邊待了一晚，我們就去新或阿卡的家拜訪借住吧！或許他們的兒女聽過三人組的事情。」

明說：

「還不知道新或阿卡是否還活著呢？

「新也好阿卡也好，一定不會變成龍鍾老頭兒。他們與逃散兩百年俱樂部成員努力打造的世界，應該不是我們討厭的未來。」

朔說：

「身為三人組的我們，也應該能幫上忙。

「逃散兩百年俱樂部的畫中，森林的上方飄著空中城市，中間或許不會有升降梯與山谷間相連吧！」

一直盯著畫作的眞木問：

「我們要去這張畫的哪邊呢？」

「有這麼多樣的建物，必須考量到著陸的『安全』吧！」明擔心地說。

「那就到千年柯樹前面吧！森林應該跟現在一模一樣。」

朔的提議受到採用，明才把燈關掉，樹洞周圍傳來陣陣熱鬧的蟲鳴聲。

4

領頭的朔發出驚恐的聲音說：

「明明是去了未來，怎麼回到了過去呢？

「這裡是森林的廢墟啊！」

明觀察了四周後，同樣露出驚訝的表情。眼前有直徑五、六公尺的鍋子形狀的凹洞，燒焦的植株粗根倒了一地。不過，右側則是常見的那塊岩石，時而冒出汩汩湧泉。

「柯樹不見了，但的確就是這裡吧！」明說。

樹幹傾倒腐爛處長出一排年輕柯樹，高度足以遮住陽光。三人組在繁枝茂葉之下站著，背起或提起各自的行李。

「果然我們到了未來。」朔用力嘆了口氣。

「柯樹應該是又遭到雷擊吧，整棵樹都枯掉之後，才把它燒掉的吧！

「第一次雷擊時，是銘助的母親來探視牢裡的他，聽說不是還看到樹幹從中裂成兩半，一邊燃燒了起來嗎？大奉還的那個時代，都足以驚天動地啊。我記得是照顧馬匹的人說的……

「銘助不是也提到有預言者說，若留下來的殘幹斷掉的話，會有更可怕的大事發生？

「爸爸寫給我的傳眞，也提到了班上在傳柯樹倒了的事情，正是我們敗戰的那一年啊！」

「銘助不是還提了另外一件事嗎？他預見未來：要是連千年柯樹樹洞的枝幹都不見了，會發生什麼事情啊！沒想到還是發生了……」

朔瞇著眼睛看著燒焦的凹洞。因爲看起來眞的是慘不忍睹，明很後悔剛才講了那番話。

5

不過只有眞木倒是非常從容，從放在草地上的帆布包包中，拿出一紙包。明則在深色林道上，看到了一隻小柴犬跑了過來。小狗撞到了蹲在地上的眞木，紅褐色的頭用力蹭啊蹭的。眞木起身對著往上看的柴犬，突然叫了一聲：「培根」。

「眞的是培根啊！」連朔眼睛都跟著亮了起來。

「並不是只有壞事發生嘛。先別窮緊張，好好的調查比較重要！」

朔用力地重綁鞋帶，眞木及明則將全身上下整理一番。培根來的道路，正是三人組一直以來最熟悉、常走的森林林道，開始走了幾步路，兩側大而黑的林木，道路寬幅感覺格外狹窄。儘管如此，林道的盡頭則鋪上了柏油。明說：

「森林裡的道路應該沒有人在使用了吧！」

穿過林道，來到了森林之家的升降入口，堆滿了舊木材及柏油工程使用的木板上，爬滿藤蔓。

「我原本也這樣認爲呢！」朔說。

「林道是有在使用，森林之家或牧叔叔的小屋應該沒人住了。」

6

三人組沿著林道下坡往山谷的方向走去，領在隊伍前方的是培根，爲了加緊三人組的腳步，牠往後方吠了一聲。

回頭望的明，忽然看到身旁來了一輛車，嚇了一大跳。新式裝備貨車，拖板牽引車改造合體的車輛，老舊的程度看起來有些年代了。

駕駛台窗戶被打開，一個淺黑色穿著的男子探出頭來。

三人組及培根從破碎柏油路邊緣，踏上草地斜坡處，男人把車停在一旁。他從上到下打量了三人組，語氣平穩地說：

「你們迷路了嗎？」

「我們沒有迷路。」朔謹愼地回答。

「你們不是來我們殖民地的人嗎？」

「不是……」

「你們打算去哪裡？」

朔瞇著眼睛開始斟酌其言。

「我們想看山谷的樣子……」

「現在被稱做殖民地了，再往裡面走，應該有個叫做根城的地方吧？」

「明明是個小鬼，卻什麼都知道呢！」男人說。

「你們是搬離這片土地、移居海外的第二代，還是第三代呢？應該是跟著縣府的尋根訪問課程而來的吧？

「要是山谷發生慘事，你們會試著聯繫嗎？你們根本幫不上什麼忙嘛！」

男人在駕駛台接著輸送管，一股腦地把卡片運出來。架高的駕駛台轉了一圈，車子往來的方向開走了。

「我曾經看過太陽能電池的實驗車試乘……不知道那是不是新動力的車子，沒什麼聲音呢！」朔看到了卡片，如此說著。

「上面寫著『牧基地』殖民地的農場長！新或阿卡與牧叔叔蓋的建物，竟然撐到現在……也就是二〇六四年！

「果然不是只有壞事啊！」

「可是，他不是說，什麼移居海外，還有什麼要是發生慘事……」明擔心起來了。

「小孩與狗狗只是走在路上，就會發生慘事的這個年代，該怎麼辦呢？」說話的口音也變了……

7

三人組走著的下坡林道兩側，豎著讓人感到恐怖的巨樹。特別是林子深處，粗壯的樹木倒的倒，斜傾的斜傾，能見度極差。道路兩旁堆放著長長的木材，接觸地面的底部開始腐爛。

「你們不覺得，這條路比我們在那邊常走的路還暗嗎？」

「這一帶應該是杉木植林，所以比較暗，整理林相及砍伐木材的工人應該沒有在工作了吧？

「這種木材，應該是爲了防颱用，怕杉木東倒西歪才疊堆整理的。應該是使用林道的牧基地的人弄的。」

「要是培根闖入了如此凌亂不堪又黑漆一團的森林，應該逃不出來了。」朔沒有回答。眞木停下腳步蹲下，撫摸著湊過來的培根身上，軟綿綿、彷彿夏天氣息的背。

穿過森林後，接著哐噹一聲眼前乍現的山谷把他們從回憶中拉回，整座山谷傳來有如音樂廳中的悠揚樂音。小喇叭的聲音，搭配弦樂的合奏及定音鼓的連續打擊。決定要來二〇六四年之前，眞木放給大家聽的音樂。

「這不是《二〇〇一太空漫遊》裡頭播放的音樂嗎？眞木。」朔說。

「不過，聽起來倒是有些懷舊。」

「因爲是理查．史特勞斯冥誕兩百年。」眞木回答。

8

三人組從林道拐入國道之前，音樂停止了。從光線照射森林的角度來看，時間應該還很早。明很感興趣地問：

「他們是這樣報時的嗎？」

「這會不會太正經了點？」朔否絕了她的想法。

「何況今天是星期日，有可能是特別活動的預告啊！」

明幫逃散女孩建造醫療站之處，巨大桂樹仍繁枝茂葉地生長著，一旁是又高又寬的加油站屋頂。前方的柱子上吊著一塊牌子寫著：

牧基地錢幣　不能使用

三人組在那轉角快步轉彎，往河川上游走。加油站內，兩個年輕人穿著從沒看過的logo的石油公司工作服，放著水一邊打掃，露出警戒樣貌，看著這一頭……

往國道的路上，一側仍然是從森林突出的崖壁，但河的這一側卻整個變了樣。全被民宅占據，拓寬的國道與堤防之間，已經變成水泥地面。一看到散布的轎車，就知道那裡變成了停車場。

此外，拓寬的橋的對面，現在已經不是國中了，看起來像是機場飛機棚的倉庫一座座整齊排列。再往上一點的斜坡，蓋著一座座東京郊區才看得到的豪宅。

往國道左側遠方目的地前進的三人組，啞然呆立著。破壞岩鼻、搬走石頭後，原本出現了長方形凹洞之處，現已整個被填滿，一棟貼有深焦色合成樹脂板材的摩天建築高聳入雲！

「那幅未來的畫，幾乎是畫對了呢！」朔總算開了口：

「只是實際上規模更大啊……」

明也是嘆了口氣想說些什麼。此時，往摩天建築的小路口處大門管理室，有三、四個男人跑了出來。他們追出來，打算制止三人組。

眞木彎下腰安撫著作勢要吠叫的培根，明則試著冷靜，讓情緒不再緊張不安。

9

「你們來這邊做什麼？」白髮平頭、最年長的男人大聲吼了出來。

「集會開始之前還有兩個小時，若是個人參加的報名者，要來找我們警衛室。話說回來，你們怎麼沒穿制服呢？

「這副德性在這個時間走來走去，讓人懷疑你們是不是要來集會搗亂？」

戒慎專注聽著的朔回答：

「我們並不知道你所說的集會，我們也是第一次看到這棟建築物。我們只是想看看山谷的樣子，才從森林走下來的。」

「從牧基地來的吧？」

對方問，喘口氣，「……不是。」朔回答。

背後傳來年輕人的耳語。警衛組長（只有這個人穿套裝、打領帶，年輕人全都穿卡其色制服）好像想到什麼，講話的態度忽然變了。

「你們是搬離此地、移居海外的第二代，或第三代吧？」

朔似乎想打探些內情，因爲早上也從牧基地的人聽到了同樣的話。

眞木代替沉默的弟弟，輕鬆地問：

「集會是不是理查·史特勞斯的兩百年冥誕呢？」

對方忽然生起氣來。

「你在說什麼？你們這是什麼態度，我一定要看看你們的ＩＤ！」

年輕警衛包圍住一行三人，逼他們拿出組長交代的東西（明想：未來的世界裡，身上要帶著證明身分的卡片，沒帶的話就完蛋了，之前看的電影就是這樣演的）。首先朔從口袋掏出全部的東西讓他們檢查，明也照辦了。然後，明打算幫忙眞木掏東西。

不過，在那之前，警衛已經試著在眞木上衣口袋摸索，對方並不知眞木討厭別人碰他的身體，他起而反抗，用力叫了一聲：「培根」。

「哥，不要抵抗了！」明叫了出來。

「我哥哥是智能障礙，不知道發生什麼事。我叫他拿給你們看。」

從朔身上拿到東西檢查的組長大聲地說：
「你們難道沒有牧基地農場長的名片嗎？
「你們得跟我到總部來！」

10

房間內只剩三人組，「我們被逮捕了？」明問朔。
「三人組」（其實也不算，因爲眞木不肯走，培根也被帶來了）被關在警衛室總部建築中的一個小房間。
明感到不安，眞木無法避免聽起來很恐怖的話語。
「他們是管理這棟建築的警衛小組，不是警察。」
聽著朔與明的對話，眞木一副不擔心的樣子：背靠在位置較高的窗戶下方的牆上，蹲著撫摸膝蓋攤於前方的培根紅褐色的背。
「我們要怎麼辦？」

「必要的時候，眞木會說出那句話吧！」朔安慰明。

「可是，當然很想看到山谷的樣子。什麼也無法跟新及阿卡說明的話，來這邊就『無意義』了啊！」

「……目前爲止的狀況，小朔你覺得如何呢？」

「下到山谷的途中，森林已經荒廢乏人照顧，又聽到他們在講移居的事情，到底是發生什麼事啊！

「看到那棟摩天建築，連山谷也能變得超現代……這就是所謂的未來了。

「可是，就算使用了那樣大規模的設備栽種水耕番茄，應該也賺不到什麼錢。

「這不就是電子產業的整合作業嗎？有倉庫也有操作員員工宿舍。河道一旁的道路邊都有停車場了，想必很多人開車上班吧！

「況且，今天好像把那邊當成集會場所啊！」

剛才明確認已上鎖的門被打開了，警衛組長探出頭來，一副神祕兮兮的模樣說：

「集會支援委員長，也是縣知事閣下，想要跟你們見面。

「這可是千載難逢的事情啊！」

11

三人組拿回了帆布包包及籃子，由裡到外都被檢查過了。

他們走在廣闊建地旁的道路上，幾台窗戶拉下防曬簾的巴士從路旁呼嘯而過。大台巴士駛入時，好像被吸進去一樣往大型建築物的地下室開進去。

朔一直試圖窺探一樓挑高的天花板深處，這樣的舉動，讓明心生好奇。他是不是在找國中生想像未來而畫的，那棵可採收一萬三千個番茄的植株？明明就沒帶鋸子來啊……

因爲參加集會的人陸陸續續下車，三人組無法穿過建築物前方，改而繞到後方，搭上了停車場的電梯。

大樓東側二樓的音樂廳入口被打開，設計成直接可上車的ＶＩＰ專屬（也就是重要人物）停車專區。不論是大廳裡頭還是外頭的廣場，都沒瞧見任何人影，直通入口的通道，目前還是禁止通行。

停車專區已經停了小巴士及三輛轎車，周圍站著黑西裝人群、別有縣知事祕書胸章的中年女性及穿著制服的警衛。

警衛組長一邊幫三人組介紹：

「縣知事公務繁忙，將公務車改造成辦公室，他正在辦公！」

女祕書打開了從窗戶外看不到裡面的車門，眞木抱起培根正要上車，遭到警衛制止。

「就是你，說什麼也不能把狗帶上車！」

不過，女祕書說：

「請上車，眼睛不方便的話，就把導盲犬帶著，沒關係。」

通融了眞木上車。

12

室內拉下窗簾，知事坐在長型辦公桌前燈光微暗處。看到眞木看不清楚腳步而步履蹣跚，知事便點亮了天花板的燈光，在一旁的沙發迎接。

身體嬌小頭卻很大的知事（看起來比三人組的爸爸還年輕）讓明想起電視上或漫畫中的兒童小博士。

「我知道你是智能障礙者。」知事對眞木說。

「就是這樣沒錯。」

知事笑了，眼鏡彷彿有洞一樣的窺探，眼神冷淡極了。

「今天的集會安排了教智能障礙小孩跳方塊舞，我不太會跳舞，那方面應該也算障礙吧！」

知事的臉對上了明，她只能硬著頭皮回答：

「不會跳舞的障礙者，應該很痛苦吧？哥哥偶爾會發作，看起來好痛苦。」

知事轉而面對朔問：

「你們因爲沒有帶ID而被調查了吧？」

「就是這樣沒錯。」

朔很認眞地回答，眞木卻露出想笑的表情，讓明擔心不已。知事目光開始打量、比對著眞木與朔。

「雖然你們的雙親，反對國家及縣府的ＩＤ政策，我倒是不會追究。而且對你們來說不是很不方便了嘛？

「不讓孩子持有，又在區公所或市政府前面燒掉自己的ＩＤ，搞那種運動的人的確有這樣的權利。

「釋憲後的議論紛紛，目前也傾向於認可他們那些人的自由。從你們身上的穿著，不難想像你們是在回歸『舊時代』教育方針長大的學生。

「不過，雖然你們重視自己的自由，要是妨害到其他小孩自由集會，那又該怎麼辦？

「爲了自己一時開心，而干擾到了其他小孩花費不少心血、辛苦準備的集會。然後，讓其他大多數的孩子不開心，眞的公平嗎？

「要是今天的會場禮堂裡面，有五十個像你們這種想法的小孩混雜其中，稍微起鬨一下，我看集會不用開了。爲什麼呢？我們站在主辦集會的立場，也不想動用警力。

「況且我非常擔心，像你們這種想法的小孩，與享受集會的小孩之間起了衝突。

「不過，我倒想問你們一個問題，爲什麼特地裝扮成那樣、那種髮型，還大刺刺地闖了進來？闖進這個本地的孩子準備多時，想要大玩一場的地方啊……

「就像我說的，我並不會使用暴力把你們架走。而且要是你們與集會的小孩打架了，我還是會保護少數分子的你們。外國來的媒體，可是已經摩拳擦掌看好戲，希望能拍到你們被嫌棄的畫面。

「不過，你們做那樣的事情眞的覺得開心嗎？」

13

「我們從不知道有什麼集會。」

朔表明堅定內心說法示意明讓他說完。

每當反對爸爸的想法時，明很容易流於情緒化，朔卻能堅定內心地、理清頭緒，說出自己的意見：

「所以說，我們根本不想妨害你們的集會。」

「你們肯定跟牧基地有關係。」知事一副咄咄逼人的樣子。

朔深呼吸一口氣回答：

「或許你們會將我們跟牧基地聯想在一起。可是實際上，我們在下山來到這裡的途中，跟開車的人稍微聊了一下，卡片也是他們給的。」

「集會支援委員會檢查了每一條聯結到這裡的通路，你們（究竟用了什麼方法）突破檢查防線。而且你們又跟反對縣府施政方針的牧基地有所接觸。

「你們沒有帶證明身分的東西，又不回答不帶的理由。我受到推行委員會的指示，直到集會結束前都要保護你們，我想推也推不掉。

「把你們的身分從實招來吧！我倒要看你們有什麼想法啊？」

「若要說方法的話，我們……自行搭著夢的時光機這方法，來到了現在這個地方。來到這邊之前，那邊的時間是一九八四年，地點同樣是這片森林。因為放暑假而在森林之家住上一陣子。

「要怎麼做才能讓你相信這不可思議的事情呢？我來找找讓你們相信的證據好

了。

「我想到了，哥哥的帆布包裡頭有個FM收音機，相信現在這邊應該仍在收放FM電波！可是收音機上印著的周波數應該有所不同了，因爲電台數量的需求多了許多吧！」

眞木一副打算測試FM頻率的樣子，信心滿滿拿出收音機，試著轉動刻度。放大音量，重複著同樣動作。但連什麼微弱的聲音也沒有。

14

知事對著打算交出收音機的眞木搖頭後問：

「你們曾經活在一九八四年？」

「大家都是活在同一年。」

「這裡是幾年，你們知道嗎？」

「二〇六四年，因爲是理查·史特勞斯的冥誕兩百年。」

知事想了一下後，對朔說：

「我查了你們的行事曆，以及裡頭夾著的收據，全是一九八四年。日期與星期是吻合的。

「想要離開這邊的組織，這樣的準備還不夠。要我相信你們的話也非難事。

「你們說你們從那邊來，來調查未來的山谷變成什麼樣子，你們又是作何目的？」

「我們想知道自己當下生活的地方，未來會變成什麼樣子。」

「所以，來這裡調查過後的結果呢，要是未來變糟了，那責任不也是在上一代的你們身上嗎？」

「我也想知道是不是那樣。」朔鼓起勇氣表示。

「或許很抱歉，要是變成了糟糕的年代，我們就回去，盡我們能做的心力改變，讓它不會發生。」

「原來調查結束後，要搭著夢的時光機，回到一九八四年啊……」

「我還眞的不懂，究竟是什麼樣的原理與技術辦到的？」

「要是你們知道了八十年前的時光機構造原理及技術，你們不就會不停地改變未來嗎？

「我們什麼機器也沒有，只是利用從以前流傳下來的方法旅行。也不知道是否眞的來到未來，還是夢境而已呢？」

「要怎麼做才能回到那邊呢？」

「三個人發自內心，祈禱能夠回去。」朔說。

知事以不笑的眼神盯著朔，朔毫不退縮地瞪回去。

爲什麼小朔可以如此勇敢地對陌生人，說出誰也不會相信的事情呢？

「因爲這是千眞萬確的事情！」明胸口熱熱地想著。

15

「不管怎樣，你們都毫不馬虎地說出自己相信的事情。我尊重你們的想法。

「因此，我有個提案。既然你們來這邊是爲了調查，不如你們來見一見集會的小孩好嗎？

「我邀請你們來集會。」

知事馬上拿起桌上的對講機發出指示，女祕書走進來安排事宜。知事心情愉快地揮手，小巴士就開走了。

開門、關門，又一次如此短的瞬間，明在音樂廳入口處，看到了有如小阿兵哥的迷彩服少年及少女，從數台巴士下車，全員規律一致地行動著。

明明看起來沒有人扯著嗓子交談，但不論是從台下或從台上，都傳來眾人嘈雜的聲音。明想起目睹「逃散」時海鳴般的聲音。

16

知事祕書看起來很像朝姑姑的年輕版，若是這山谷出身的話，也許是親戚。迅速地目測尺寸，選了綠色、茶色及黑色的迷彩服，搭配同款式的帽子及鞋子。

朔立刻換裝，一下子就變成了小阿兵哥。

明不穿褲子而穿裙子，對於他們準備好的上衣，遲遲不願動手著裝。連與男生同樣斜角設計的貝蕾帽也不想戴。另一頭，眞木還是把重點放在培根身上。連明都感覺到眞木不想裝扮得跟那些少年少女一樣。

明跟女祕書討論後決定，中午集會結束後十二點左右回到ＶＩＰ停車場，因爲大樓的放射塔可以看得到時間。祕書給了他們通行證。朔受到稱讚：很適合穿小朋友的軍服，整個臉像緊握著的拳頭，然後被祕書帶出場介紹。

此時響起了理查·史特勞斯的曲子，告知開會了。建築物從裡到外都放著音樂的樣子。看到眞木塞住耳朵，明慶幸自己沒進到會場是對的。

警衛組長提著行李，從小巴士下到沒有人的廣場，帶著部下一行人出現了。

「你們的狗可是沒有檢驗喔！」警衛組長大聲吼叫。

「你們那年代，狗狗帶原的傳染病有多可怕，你們的科學技術應該檢驗不出來吧！」

眞木露出警戒之意，爲了抱培根而蹲下。

可是他眞的聽得懂警衛組長說的話嗎？

明心跳加速、緊張的同時，把剛才培根被指責的不是，解釋給眞木聽。不過，眞木連頭也不肯抬起，掀開帆布包的蓋子弄得沙沙作響。攤開包著培根肉的紙包，全部一股腦地丟在地上……

「你這小鬼，根本不是優閒的時候啊！」

警衛組長暴跳如雷。

培根一刻也無法優閒，從沒看過牠如此狼吞虎嚥的模樣：口水沾濕白色牙齒，露出粉紅色的牙齦。大飽口福一頓後，眞木用力拍打牠紅褐色的頸背。

「培根，走開！」眞木大聲叫。

柴犬全力一衝就溜掉了。

第十五章　如永遠般暗鬱的森林

1

「要是這個人沒有回來的話，該怎麼辦？」明思忖著。

女祕書揮手示意，要前來報告眞木讓小狗逃跑一事的警衛組長，幫明及眞木帶路，從音樂廳的入口一路下樓來到了大樓前面。

不過明看到眞木雙腳完全沒有障礙的心急如焚模樣，卻轉而擔心起來。眞木的確打算去找培根。

「我本來預定午休前要回來，但或許辦不到了。」明說。

「下午的集合是五點結束吧！可以幫我跟弟弟說那時間再會合嗎？」

祕書爽快答應了。

「我知道了。」

「……那這樣的話，你們的中餐怎麼辦？我們幫參加集會的人準備了便當，我幫你們拿來好了？」

「我跟哥哥都有帶便當。」

「咦？你們時空旅行八十年，便當不都餿掉了嗎？」

明驚訝地想著，祕書這種講話方式，果然跟朝姑姑相似極了。

2

眞木比明先在加油站的轉角轉彎，順勢直接步入了林道。回過頭瞧瞧加油站員工的情形時，剛才的兩個警衛跟在了後頭。

眞木一點也不以爲意，明則沉默不語。一行人上到了巨大杉木林蔭處，眞木說：

「我們叫培根好了？牠聽到聲音應該就會過來的。」

「……眞木，有人尾隨著我們，要是培根出現了，一定會被警衛抓走。」

「抓走了，然後呢？」

毫不掩飾激動情感的眞木回頭，瞪著林木間的男人，手裡拿者枯枝，做出要驚嚇唬人的樣子。

「抓走了……會被處理掉嗎？培根明明是我的！」

眞木比起往常加快腳步往上走，明一邊擔心他發作，一邊跟在後頭。過了一會，眞木停下腳步，直盯著藤蔓交纏、堆在一旁的林木兩側瞧。

明試著降低胸口的聲音。因爲眼前正好是早上下山時，自己曾提過的那個地方。

「要是培根闖入了如此凌亂不堪又黑漆一團的森林，應該逃不出來了。」

眞木毫不猶豫地踏上堆滿泥土的林道入口。從這裡延伸出一條斜立好似出水口的狹窄小路。眞木用枯枝揮開雜亂叢生的灌木走了進去。林木高及肩膀之處，回頭看的眞木，露出悲怒交雜、漲紅著的臉歪了一邊。眞木慌張地說：

「因爲我是……所以完蛋了！培根只是隻狗，鐵定完蛋了！」

說完，忽然低下頭來、斜著身體，往對面前進。

緊追在後的明，被眞木揮開的細枝回彈，重重地打在臉上。明一個踉蹌屁股著地，試著睜開流著淚水的雙眼，卻無法站起來。

眼睜睜看著眞木寬闊的背影，一路越過草叢，愈來愈遠、愈來愈小。哥哥剛才說的是什麼意思呢？「因爲我是……所以完蛋了！」他到底想說什麼呢？

明坐在濕土地上哭泣，拭去眼淚的手竟然紅紅的，仔細一瞧，原本沒有感到痛楚的嘴唇邊被劃破了。用手按壓傷口處，又一次聽到自己斷斷續續的呻吟哭聲。眞木到底跑哪去了？眞是太可怕了。

「因爲我是……所以，完蛋了！」、「因爲我是殘障者，所以完蛋了！」他是這個意思嗎？明內心陷入一片黑暗。

3

踹著杉木林下的雜草，明哭著。忽然感覺到人聲而迅速站起，想往林子暗處逃跑時，肩膀被押住了。不敢出聲地回過頭，發現並不是警衛，而是牧基地的農場長。他因爲擔心，而從停在林道旁的架高駕駛台上，觀察著小朋友及小女孩。

「救救我，哥哥跑進森林裡了！」

明說完，跌坐在農場長的懷抱裡。

4

明被送回了牧基地，嘴唇的傷口得以處理。

治療之間，明一直試著告訴他眞木爲什麼會闖入森林裡。她還提到，五點一到山谷大樓的集合結束後，要在音樂廳前的停車場跟朔碰面的事情，以及知事祕書應該幫忙尋找的事情。

農場長答應明幫她找到朔，並帶他過來，明就交給了他從祕書處拿到的通行證。

農場長已經交代了農場的年輕人，先在離林道不遠的範圍幫忙找人。明告訴他若是只有看到狗的話，試著叫牠培根看看有沒有反應。

農場長要明恢復體力之前好好休息（可以的話就睡一下），把她帶到了女孩們的共用寢室。讓她在房間內喝了一帖「藥草安定劑」，並在唇上貼了「藥草傷用膏」，一種用藥草葉子及根搗爛研製而成的ＯＫ繃。

五、六個女孩圍坐在明的床邊，講著不是日語，而是各種外國話混雜交談。她們的髮型及服裝，每一位都各有千秋，彷彿在照片中看到的南美小孩，有人還穿著裙褶裝飾的裙子，配上鑲有玻璃珠的背心。大家身上明明穿著毫無共同處可言的服裝，卻似乎很中意明身上穿著的衣服。

明從不可思議的對話裡頭，聽到了：

「可愛、cute、Qué bien」之類的單字。

儘管如此，受到女孩們講的話所吸引的時間也只有一下子，明忽然升起了一股恐怖念頭而哭了起來，女孩們好像挨了拳一樣全都安靜下來。

5

這時候女孩們都沉默不語地一同起身把窗簾拉起來，打算讓明好好睡上一覺。然而，明怎麼也睡不著，她想等到朔一來，就一起離開去找眞木。

明在黑暗之中睜開雙眼，卻看到一對對好似螢火蟲、閃著亮光的眼睛包圍著她。

明再度閉上眼睛心想：

「從小到大從沒如此心痛過！」

6

女孩們再度同時起身跑開，拉開了窗簾。朔一臉疲憊地靠近床邊，明跳起來似地起身說：

「眞木說了：『因爲我是……所以完蛋了！』之後，就往森林裡跑了。追著培根，或許已經帶著培根，消失在找不到身影的地方了。

「也有可能是說，因爲培根是狗，所以完蛋了！」

朔把兩手放在明的肩膀上，彷彿長兄似的口吻說：

「沒問題的！眞木一定能把培根帶回森林之家。還有我跟小明，以及媽媽和復元的爸爸，全都一起帶回家，我們一定能『一家團聚』。」

明一股怒從中來，身體發熱似地，傾全力搖著朔的手吼叫著：

「我自己也不行了！什麼忙也沒幫上，卻在這邊睡覺。

「小朔也不行，怎麼可以說出不負責任的話！

「我眼睜睜地看著眞木說：『因爲我是……所以完蛋了！』後，往森林裡跑。要是我當時能去找他就好了……」

7

明與朔攀上了卡車上粗糙裝備之間，爬上好似用於拖板牽引車的架高駕駛台。一望整個曾經來過的根城地區，以讓明休息的農場爲中心點，周圍是一棟棟各異其趣的小型建物，全在晚霞的映照下靜靜地佇立著。

朔與正在駕駛的農場長聊天，明卻是內心紛亂，一句話也插不上，猛搓手指的習慣停不下來。明想著，腦袋讓駕駛台的強化玻璃敲一下，應該能解脫許多吧！

總的來說，南美洲及亞洲各國的人來到了本地。爲了建設政府的公共協會及縣府營運的生產機構而工作。整座山谷間的土地被當成建設用地賣掉了，大家也都舉家至海外移居。完成後，待在那生產機構裡頭工作的人也少了。

農場長本來是工地勞工，從墨西哥來到這裡工作，與失業後的朋友在牧基地找到了工作，就這樣一路工作到現在。

大人平常在農場或加工食品工廠中忙碌，小孩便在牧基地，參加自古即有的志工活動，集體生活。

有趣的是，大家摻雜著日語及各種雙親祖國的語言，說著小孩自己才懂的語言……最後，朔問他知不知道千年柯樹燒掉的事情。

「那不就是人稱『國民再出發』的時期嗎？聽說國民如鳥獸四散，整個國力變得很弱。

「當時，有個淨化精神的運動。憲法規定了國教，燒掉了像教堂、寺廟、神社等其他宗教設施。我記得有九成的青少年參加了運動吧？

「牧基地與宗教不同，卻同樣遭受攻擊。千年柯樹不就是被當成本地存活下來的信仰證據，而被燒掉的嘛？」

「今天集會的報告中，有來自全國的青少年組織持續發言。應該就是那個運動組織起來的吧？」

「該怎麼說呢，運動的整個過程，似乎受到政府的認可及來自外國的批判。

「今天小孩舉辦的運動，應該是別的事情吧？

「其實牧基地的孩子們，也收到了縣府特製的制服及參加的邀請，我們可是費了很大苦心推掉的！

「我們家的小孩講的話，外面的小孩大概也聽不懂吧？」

「Qué bien是什麼意思呢？」上車後總算開口的明問。

「墨西哥那邊，用來指太好了的意思。」

8

從林道轉入狹窄小路，茂密的灌木占據兩側讓空間更窄，看起來很像黑色洞穴

（雖然積捲雲在夕陽映照下而紅通通的）。農場長反對只有明和朔進入山中。

「比起其他人，我跟弟弟或許比較不會讓哥哥警戒。」

雖說是送他們一程，農場長爲了使用新式照明器照著地面，先站了起來。農場長在離千年柯樹燒過的遺跡不遠處，高大生長的柯樹下，燃起枯枝及焦根株升起營火。回程臨走前，連照明器都送給了朔。

「爲了不讓我們世界的科學出了亂子，回去之前我們會放妥於柯樹樹根處。」朔承諾。

月光映照出柯樹的影子中，朔及明就著營火光源坐著。

「柯樹之神啊！」明開始祈求。

「即使千歲以上的樹木都被燒掉了，後起長出來的新姿的柯樹之神啊！

「請祢原諒我！我明明沒有智慧也沒有勇氣，卻進入了樹洞展開時空之旅！

「若能回到那邊，我不會再冒險了！請祢原諒我，把我們帶回那邊的柯樹樹洞。

「柯樹之神啊，若我們不能在那邊等他的話，帶著培根的哥哥會搞錯目的地……他或許會迷失在暗鬱的森林。」

第十六章　時光機最後的規則

1

明睜開了眼睛，自己橫躺在飄著潮濕蘑菇味及杉木板香味的樹洞裡，棉被好暖和。明卻吃了一驚，因爲她看到了氣窗透進來的光照處，其周圍柔和的光暈，心涼了半截。

朔在，可是眞木不在……

「小明，眞木還沒回來！」朔看起來一直醒著地說。

明心跳幾乎只剩一拍，彷彿上了年紀的心情說：

「走在眞木尋找培根的森林裡時……我很怕會被留在那邊……也跟柯樹之神祈

禱，讓我回來的啊……」

「我也是，一心一意只想著要回到這邊啊！」朔說。

「一想到我們現在還在二〇六四年，心中就浮現恐怖的念頭。」明接下去說。

「這世界沒有爸爸媽媽。一直活著直到二〇六四年，只有一臉悲慘、變成老人的朔……

「我的身體特別差，會先死掉，被埋在地下，只剩下芥菜子般地的小碎骨。」

「一想到會變這樣，我就死命地跟柯樹之神祈禱，讓我回到這邊的啊！」

朔想了一下後說：

「未來世界大建築的集會上……我不管怎樣就是討厭，成爲一千人小軍隊的其中一員。我想說，回到這裡之後，我要努力工作不變成那樣。

「……也就是說，我完全沒顧及眞木，淨想著自己的事情。」

「我也是在離開牧基地時，對朔生氣得不得了……明明我都下了決心要去找眞木的啊！

「被帶到柯樹下，就著營火，看到月光下照著的森林，愈感到害怕。」

「我自己也是很害怕啊！」朔說。

2

咔嚓，門鎖打開的聲音。柯樹樹洞的門從外面打開了。上衣滿是蜘蛛絲、草種、泥巴的眞木站在眼前。腳邊的培根同樣散發出一股很濃的氣味，好像逃散的孩子一樣。

「我，走路回來的。」一臉汚漬，還有擦傷及血痕的眞木說。

「因爲培根認得路，我才能在大半夜的走回來。」

明的身體彷彿發條彈了起來似地，變成了棉被上的金剛力士。朔同樣程度地跳了起來往前踏去。明肩膀與朔相碰並笑著，臉頰猶如屋頂飛濺起的霰般地充滿精神，喜極而泣。

「眞木，你眞厲害。」明開始話變多了。

「走在森林裡，不就橫跨了八十年嗎？你吃便當了嗎？這樣做才是對的啊！」

不過，也不知道眞木有沒有在聽明說話。

「我是……走路回來的。」眞木一直重複著話語。

「因爲培根認得路……我才能在大半夜的走回來。」

他的聲音尖銳而嘶啞，培根也注意到了，從眞木的腳邊頻頻抬頭看。

「小明……因爲我是『童子』……我說過所以不去就完蛋了吧？因爲培根是狗……若是沒找到就完蛋了……」眞木說。

「你怎麼了，眞木，到底怎麼了？你已經回來了就沒事了，擔心培根……」明還沒說完就閉口了。

眞木臉上不只有污漬，還臉色鐵青帶點發燒。原本向外斜視的眼睛，其中一邊往臉部邊緣抽動，兩眼什麼也看不見。

「我是……走路……回來的……因爲培根認得路（培根輕吠一聲）……我才能……在大半夜的走回來。」

朔屛息擔心，恐怕這就是他跟明提過的，與平常眞木發作有所不同的「大發作」。

雙親出發至美國前，明帶著一家人去了朋友介紹的義大利餐廳。回程的新宿車站的月台上，一個人獨自站著的眞木的眼神，就跟現在一模一樣，開始說著：

「我要一個人自己去伊豆。

「我只要在伊豆半島被沖走之前到達就沒問題了！」

那是很久以前，打算出發去伊豆玩的計畫，被颱風打斷時，眞木任性的反話。

「伊豆半島是從太平洋漂來而接在一起的島。」這是人稱「智多星」、還在唸小學的朔，爲了要勸他放棄的說法。眞木爲了閃開想勸阻而靠近的爸爸，往已入站電車的反方向後退。爸爸雖然反手一把抓住了他，結果，因爲肩膀脫臼而延期出發至美國。

明起身離開樹洞時，什麼也看不到、一直重複著相同話語的眞木，像棒子一樣地倒在地上。爲了不讓頭撞到石頭，往內跳的明看到了躲開的培根腰際間，乾掉的血混雜著毛及泥巴。

3

讓眞木睡在柯樹樹洞之後，朔把搬眞木的粗活交代給牧叔叔。持續來回奔波忙碌的朔回來之後，明一行人一副被晾在一旁似地，坐在睡到打呼聲作響的眞木旁邊。

「剛開始忽然靠近他時，還半信半疑眞木是不是眞的回來了，我還想摸摸看。」朔說。

「他發出聲音時讓我嚇一跳，頓時以爲進到別的時空了……眞是奇怪。」

「一點也不奇怪，眞木這傢伙眞是太神奇了！

「之前發生危險時，電車不知道會把眞木帶到什麼地方去。

「我認爲就像那台電車一樣，眞木身旁有好幾個不同的時間在走著。

「所以沒有夢的時光機，也能從八十年後回來。」

「我認爲他應該是乘坐了時光機吧！」明說。

「走在未來的森林裡時，忽然『大發作』昏倒在地後，應該會進入睡眠狀態的培根之所以受傷，不就是因爲被眞木壓在下面嗎？」

朔走出樹洞外尋找培根，但已經不見其蹤影了。

4

直到好久以後（話雖如此，冒險更迭不斷的暑假那年，聖誕節至正月那一週，從美國歸國的爸爸及媽媽，爲了跟朝姑姑及牧叔叔道謝，將三人組帶回四國這段期間的事情）有一件事情明依然不解。

眞木爲了找培根而走進了森林，朔與自己不就無法回到了這邊嗎？這件讓明震驚且擔心不已的事情。

對朔來說應該也同樣擔心，走進女孩共同寢室的弟弟卻對明如此說：

「沒問題的！眞木一定能把培根帶回森林之家。還有我跟小明，以及媽媽和復元的爸爸，全都一起帶回家，我們一定能『一家團聚』。」

爲什麼？

5

抵達山谷的隔天早上，森林之家在大雪之中。雙親及三人組迎接著朝姑姑、牧叔叔，還有新與阿卡等客人，一行人在暖爐裡燒著柴火聊天。

經歷過暑假的冒險以來，朔變得更加謹慎。雖然已經將未來山谷的樣子，報告給新及阿卡聽了，眞木不見的時候發生的事情，以及參加千人小孩集合的事情，朔都沒有提到。

前者只要一回想起來，就很心痛；後者則是聽起來很不吉利的事情，說了也許會扼殺活到那時代的人的勇氣，這也是時光機最後的規則。

中午過後，新與阿卡帶著眞木與明，來到了橡樹林立處玩雪橇。媽媽因爲午餐而佩服不已，去看了牧叔叔烤披薩的石窯。

朔自爸爸回國之後，難得地有兩人獨處的時間（已經不會活到二〇六四年），跟爸爸聊著，穿著制服的小孩正經八百站著，雙手交叉胸前合唱的事情。

「我想了一個『新人類』的題目，也寫了些內容，包括你跟我說的事情。」爸爸回應，做了一個深呼吸。

「不過，好不容易在美國可以讀到感興趣的法語文章，我重新想了一下。首先，『新人類』這個詞，我是以其他意思來使用著。

「瓦勒里這位詩人，在我出生那一年，對母校的國中生演講。在歐洲一些地方，製造出國家可以運用的國民。計畫並籌備一番，採以同一個方針教育國民，把社會組織及經濟直接傳授給他們。

「……精神的自由意識與敏感的教養，會因爲對孩子揠苗助長而出現問題。我最擔心這樣的事情發生。

「不論哪一個時代，政治的世界或企業家，甚至是大眾傳媒掌權的傢伙，都打算製造出這種『新人類』。

「然後，運用這種所謂『新人類』而壯大起來的國家，並無法在每個時代永續長存。還會帶來周遭國家的禍事而滅亡。瓦勒里的時代的德國納粹就是這樣，這個國家，在我還是十歲時的戰敗前也是如此。

「可是，現在打算這樣搞的傢伙又出現了。

「我想跟你說的是，要跟這些定型的人與眾不同，我希望你能獨當一面，也能變成與他人互助共處的人。不管來到什麼樣的『未來』。

「正如你說的，受到時光機最後的規則所束縛一樣，無法長生不死，我希望看到你能承諾。」

6

朔下定決心，暑假的冒險中，必要時會爲三人組這麼做。

「『危機』具體來講，是什麼東西呢？

「會想自殺嗎？」

爸爸直盯著朔看後，又把視線移開。沒有一絲微笑，失去光輝的眼神，帶點淡紅色的血絲。

「……我在爸爸不在家時，負責整理家裡的郵件。其中，有一份原爲新聞記者所寫的七、八頁『通訊』，爸爸寫了『壓制狡猾言論』。

「新宿車站前，帶著殘障兒子闖馬路打算自殺，卻失敗了。使了手段打發打算發新聞的媒體……

「讓我痛不欲生的是，我曾認爲爸爸看起來是要救眞木，或許是想自殺。

「可是，暑假結束時，我看到阿明跳起來，救了眞木『大發作』一把，終於明白爸爸當時的確是想救他。雖然是當時發生的，但不會再有『危機』發生了嗎？」

爸爸沉默地看著雪落在橡樹上。不只臉上，滿佈皺紋的脖子都變紅了。不過，看著朔的雙眼卻是平靜的。

「這次發生『危機』時，有機會看到了柏克萊的新生，也讓我想起了讀法文系的事情。」爸爸說。

「學期初，班上購買原文書閱讀時，挑選了適合的學生幫忙。我自告奮勇，自願準備第三課，聽說被學長及同年的學生取笑了一番。

「我儘管徹夜查字典仍有看不懂的地方，帶著晦暗的心情去搭本鄉通的電車。電車行經行道樹時，我看到新葉映照出光亮的座位上，坐著助手清水，他對我笑了。我提起勇氣問他，他完美地全都告訴了我！

「一想到這件事，那天外飛來的新葉光亮，讓我好久不曾這麼熟睡過，早上我寫了封信。寫給現在已是研究瓦勒里的學者清水，請教他有關看見（voir）與預見（prévoir）的一篇文章……

「他很快幫我寄來了，也就是剛才提到的演講稿。開頭的部分一直在我腦海裡……

「法語中的fonction，若只是語句上可直譯成『職能』，不過小朔，你們應該不使用這個單字吧！因爲我想把它說成是『工作』或是『勞動』……

「我們重要的工作，就是成就未來，我們會呼吸、會吸取營養、會來回繁忙著，都是爲了成就未來的勞動，瓦勒里是這麼說的。也就是說，融入當下爲未來而活。因爲過去，不也是活在當下的我們，往未來行動的意思嘛。回憶也好、後悔也好……

「我身上發生『危機』時，自己當下無法看到未來啊，不是在門關上的這裡，老是回憶著過去、不斷地後悔嗎？目前僅存的當下已經很短了，我想要起身看看包含在其中的未來了！

「這就是我脫離『危機』的契機。服藥也是有效的，不過，我喝的是一種成就未來的藥。我想我已經沒有後路了。

「這是那樣的一件事……小朔，你也要跟眞木及小明，以及新朋友一起，抹上光及雪讓我瞧瞧。

「我想要看到在這個森林裡，以過去及未來小孩的重疊身分的你們，努力不懈的活的當下。」

朔在雪中出門了，眞木很自然地，讓一直沒看到的培根跑在一旁，玩著雪橇。此時雪停了，天也亮了，牧叔叔把爸爸及媽媽叫了出來，幫大家照了張合照。在歐洲的古玩展購得的大木箱照相機，自動閃光燈引起一陣騷動。

照完相後，朔跟明坦承一個祕密。

「小明，在牧基地農場長的房間時，等你醒來時我看到了，那張掛在牆上的有八十年歷史的照片。

「是剛才我們正在照的那張照片。」

大師名作坊113
兩百年的孩子

作　者—大江健三郎
譯　者—陳孟姝
編　輯—邱淑鈴
責任企劃—丘　光、黃千芳
校　對—陳錦生、邱淑鈴

出 版 者—時報文化出版企業股份有限公司
108019台北市和平西路三段二四〇號三樓
發行專線—（〇二）二三〇六—六八四二
讀者服務專線—〇八〇〇—二三一—七〇五・（〇二）二三〇四—七一〇三
讀者服務傳眞—（〇二）二三〇四—六八五八
郵撥—一九三四四七二四時報文化出版公司
信箱—10899臺北華江橋郵局第99信箱
董 事 長—趙政岷
總 編 輯—嘉世強
時報悅讀網—http://www.readingtimes.com.tw
電子郵件信箱—liter@readingtimes.com.tw
法律顧問—理律法律事務所　陳長文律師、李念祖律師
印　刷—勁達印刷有限公司
初版一刷—二〇〇九年九月二十八日
初版三刷—二〇二三年三月二十日
定　價—新台幣二八〇元

時報文化出版公司成立於一九七五年，
並於一九九九年股票上櫃公開發行，於二〇〇八年脫離中時集團非屬旺中，
以「尊重智慧與創意的文化事業」爲信念。

兩百年的孩子 / 大江健三郎著；陳孟姝譯. --
初版. -- 臺北市：時報文化, 2009.09
面；　公分. --（大師名作坊；113）

ISBN 978-957-13-5093-6（平裝）

861.57　　98015736

ISBN 978-957-13-5093-6
Printed in Taiwan